この吸血鬼、ストーカーです

～世界で一番おいしい関係～

朝香りく

Splush文庫

contents

「嫌だってば！　放してって言ってるでしょ！」

「なんだと、生意気な口ききやがって！　減るもんじゃねえだろ、けちけちすんな！」

――どう見ても、カップルじゃないよな。

夜間のアルバイトを終え、繁華街の大通りから一本裏に入った道を歩いていた海里は、揉めている男女の会話を耳にしてそう判断する。

見た目にしても男性の髪には白いものが交じっているし、女性は髪を金色に染めてはいるものの、顔立ちはもしかしたら未成年ではないかと思うくらいに、幼く見えた。

海里は暴力が嫌いだし、他人の揉め事に首を突っ込む趣味もない。けれどこの現場を黙って見過ごせるほど、冷たい性格というわけでもなかった。思わず男の背後に近寄ると、その肩に手をかける。

「嫌がってるじゃないですか。やめましょうよ」

海里の声に、男は酒臭い息をまき散らしながらこちらを振り向く。

「ああ？　誰だ、てめえは。文句あんのか」

「ただの通りすがりです。文句っていうか、これを見過ごすと人としてどうなのって、自分を嫌いになっちゃいそうなんで」

なにい？　と男は酔った赤い目で、こちらを睨みつけてきた。同時に女性から手を放したので、海里は早く逃げろと目で合図をする。女性はペコッと頭を下げると、一目散に駆け出した。

「あっ、畜生、逃げちまったじゃねえか」

後を追おうとする男の腕を、そうはさせまいと海里がつかむ。

「もう行っちゃいました。あきらめましょうよ、みっともない」

「この野郎、人を馬鹿にしてるのか」

力任せに海里の腕を振りほどくと、男は懐に手を入れる。

「もうちょっとだったのに、邪魔しやがって！」

その手を見て、海里は息を呑んだ。折り畳み式のナイフが握られていたからだ。

わっ、と斬りかかってきた腕をはらいのけると、痛え！　と男が悲鳴を上げる。はずみで自分の、反対側の手の甲を切ったらしい。

「痛えじゃねえか、てめえ！　ぶっ殺してやる！」

――ああ、失敗した。まさかここまで危ない人だったとは思わなかった。でも逆に、俺が放っておいたらさっきの子、とんでもないことになってたかもしれない。勇気を出して、止めてよかった。

勝手に暴れて、勝手に自分で自分の手を切ったくせに、殺してやると凄むとは、八つ当たりもいいところだ。

それでも恐怖をあまり感じないのは、泥酔しているらしい男の手に大して力が入っておらず、足元もおぼつかない状態だからだろう。

ドン、とブロック塀に押し付けられた海里は、懸命にナイフを押し付けてくる男の手を押しとどめる。

「わかりました、俺が悪かったですから、こんなもの仕舞ってください！　危ないじゃないですか！」

「うるせえ、悪いと思ってるなら、おとなしく殺されろ！」

無茶苦茶なことを言いながら、男は執拗に海里に襲い掛かって来る。海里がナイフを持った腕を両手で押さえていると、男は血を流しているもう片方の手で、こちらの顔を壁にぐいぐいと押し付けてきた。

あまり力が入っていないので大して痛くはないのだが、頬に触れている男の手は血でぬるぬるとしている。その手はずるり、ずるりと下方に滑り、海里は顔をしかめた。

――わっ、気持ち悪い。手が口の近くに……！

顔を背けようとしたが、間に合わなかった。男の手の端が海里の唇に触れ、内側にまで血が付着する。鉄の味が口の中に広がった、刹那。

ドクン、と全身が心臓になったかのように、大きく跳ねたのを海里は感じた。

――えっ。……なんだ、これ。

一瞬、目の前が赤く染まり、男も路地裏も、目に映るなにもかもが銀色に発光して見える。

「×××……！　××××！」

男がまたなにか叫んでいるが、なにを言っているのかわからない。

――なんだろう。目が、よく見えない。身体が、おかしい。

焦る海里は、男の背後に、誰かもうひとり別のシルエットを確認した。その途端、酔っ払いの男はくたくたとくずおれ、海里は誰かの腕に抱きとめられるのを感じる。

――駄目だ、もう……立っていられない。

海里は身体から力が抜けていくのを、自分ではどうすることもできず、とてつもない不安を感じながら、意識を失ってしまったのだった。


ふ、と目が覚めたのは、見慣れた家の前だった。

なぜか玄関横の塀を背に、海里は座った状態になっている。

「なんで俺、ここにいるんだ？」

つぶやくとなんだかくらくらして、海里は額を押さえた。

――確か、酔っ払いと揉み合いになったんだよな。それは覚えてる。……そうだ、それで……誰かが助けてくれた、ような。まさかその人が、ここまで連れてきてくれたのか？　でも住所なんてわかるわけ……あ、財布の中の保険証を見たとか？

不思議に思いながらも海里は立ち上がり、腰や足の汚れを払って、ふらつきつつインターホンを押した。すぐに鍵を開ける音がして、内側からドアが開く。

「遅かったな、海里。心配するじゃないか」

顔を出したのは、海里の唯一の家族である父親の里史（さとふみ）だった。

Tシャツとトランクスから痩（や）せた手足がひょろりと覗き、なにも考えていなくともどこか悲しげな作りのその顔には、心配そうな表情が浮かんでいる。

「ごめん。なんか、酔っ払いに絡まれちゃって」

「大丈夫だったのか？　まあいい、ともかく早く風呂に入って……」

言いながら里史は、玄関で靴を脱ぐ海里の顔にふと目を留め、次いで凝視した。

「おっ、おい、海里！　顔に血がついてるじゃないか！」

「血？　ああ……あのときかな。その酔っ払い、どうしようもないやつでさ。ナイフ出してきたんだけど、自分で自分の手を切っちゃったんだ。それで……」

言ううちに、薄暗い電球の下であってもわかるくらい、みるみる里史の顔が青ざめていくのを見て、海里は驚く。

「父さん？　どうかしたの？　平気だって、俺の血じゃないから、怪我なんかしてないよ」

「そ、そうか。ともかく海里、早くその顔を洗いなさい！　早く早く！」

里史は言って、海里の手を引っ張って洗面所へと連れていく。

優しい父親ではあるが、普段はここまで過剰に海里を心配したりしないし、過保護でもない。

不審に思いながらも、他人の血が顔についたままでは気持ち悪かったので、海里は素直に顔を洗い始めた。

「ああ、そんなに勢いよく水をかけるんじゃない！　丁寧に、そっと洗うんだ。しっかり口を閉じていろよ」

　随分と細かいことを言うものだ、と海里は呆れつつタオルで顔を拭う。

「これで取れただろ？」

「……ああ。しかし、海里」

　里史は、まるで今にも墓の下から死者が蘇ることを怯えているかのような、不安にかられた目をして言う。

「まさか、とは思うが。その……酔っ払いの血が、口に入ったりはしていないだろうな？」

「え？　……うん。多分」

　海里は言葉を濁した。確か入ったような気もするのだが、それを言うと里史が、ひどく動揺するような気がしたからだ。

　というのも、なぜか物心ついたころから海里は、絶対に他人の血を舐めたり口にしたりしてはいけない、と厳しく言われて育ったからだ。

　たとえば小学校で友達が転んで怪我をしたり、指を切ったりしたときにも、間違っても消毒だからとそこを舐めたりしてはいけない。逆にバイ菌が入るから、と耳にタコができるくらい、繰り返し海里は里史に言い聞かせられたのだ。

そもそも、注意などされなくとも滅多にそんなシチュエーションには遭遇しないし、実際にこれまで一度もなかった。最近ではさすがに、里史も口にしなくなっていたのだが。

――なんでだかわからないけど、面倒くさいことになりそうだな。

海里はそう考え、男の血が口に入ったことは言わずにいることにする。けれど里史は、まだ不安を感じているようだった。

「そ、それならいいが……一応、確認しておこう」

眉間に皺を刻んでそう言うと、今度は海里をキッチンへと引っ張っていく。

「ちょっ、なんなんだよ。血なんかどうだっていいじゃないか。そりゃなにかのウイルスに感染するとか、可能性はゼロじゃないだろうけど、そこまで心配しなくても……」

「どうでもよくない！　ほら海里、これを食ってみなさい」

はあ？　と首を傾げつつ、海里は棚の上にあった袋から里史が取り出したさきイカを、一本受け取った。

「あー、父さんなんだよこれ！　イカはプリン体が多いから、尿酸値が上がって駄目って言ったのに、こっそり食ってたんだろ」

会社の健康診断で、痛風になる可能性を医師に指摘されたという里史に、まったくもうと海里は溜め息をつく。

だが里史は好物の裂きイカの袋を抱えたまま、大真面目な表情をぴくりとも崩さなかった。

「今は俺の尿酸値どころじゃない！　いいから食え。一口でいい」

「わけわかんない。まったくもう……」

言いながら、かじってみたのだが。

「うえっ。なにこれ。悪くなってるんじゃないの？　ゴムでも噛んでるみたいだ」

ぺっ、とかじった部分を口から取り出すと、一気に里史の顔が強張った。

「こ、これはどうだ。こっちも食ってみろ」

里史は、今度は冷蔵庫から取り出したチーズの銀紙を剝き、口の前に突き付けてくる。面食らいつつも勢いに負け、海里はそれを口にした。

「ん……あれ？　これって俺が昨日、スーパーで買ってきたのに、もしかして賞味期限切れてる？　なんだかロウソクみたい……特売だったのは、そのせいかな」

べえ、と舌を出して口の中のチーズを摘み取った海里は、里史が愕然としてこちらを見ていることに気が付いた。

まるでこの世の終わりといった形相で佇む里史に、海里は困惑しながら言う。

「なあ、いったいどうしたんだよさっきから。さきイカがいたんで、チーズの賞味期限が切れてることが、そんなにショックなのかよ？　わかるように説明してくれ」

尋ねると、里史はいきなりガッと海里の両肩を抱いた。

「海里……話がある。こっちに来て、座りなさい」

「なんだよもう、あっちだのこっちだの。俺、早く風呂入って寝たいんだけど」

「座りなさい！」

いつもは温厚な父親に激しい剣幕で言われ、海里はぎょっとして、素直に居間の座布団に座った。

――べ、別に、特別なチーズとかじゃなかったよな？　いつもスーパーで売ってる銘柄だったし。

座卓を挟んだ正面に、ひどく難しい顔をして里史も腰を下ろし、胡坐(あぐら)をかく。

「……大きな声を出して、すまなかった。これから俺が話すことは、海里にはなかなか信じられないかもしれん。だが、花峰(はなみね)家の血を引くものにとっては、大事な、とても重要な事実なんだ」

「……さきイカと尿酸値、どっちのこと？」

「どっちでもない！　いいか、海里。父さんは真剣に話す。お前も真剣に聞きなさい」

見たこともないような苦悶(くもん)を浮かべる、人の好い痩せた父親の顔を見て、ようやくこれはただごとではないと海里は悟る。

神妙な顔でうなずくと、里史は掠れた低い声で、自分と海里の母親の先祖についての話を始めた。

そしてその内容は里史が言ったように、にわかには信じられないものだった。

日本という国が近代化する以前。日が沈み、月明りの届かぬ場所には、真の闇が広がっていたころ。

その暗闇には様々な魑魅魍魎が潜んでいた。時には人里を訪れ、村人と交流を持ったものもいる。それはほのぼのとした邂逅のこともあれば、互いの命を奪い合うような、不幸な出会いのこともあった。

「俺たちの先祖は、間違いなく後者だった」

眉間の皺をますます深くして、悲しそうに里史は続ける。

「野に住み、物事を賢く見るから『智野見の一族』と俺の爺さんや婆さんは言っていたが。聞こえをよくするためにそう言い換えていただけで、実際には血を飲むという意味の、『血飲みの一族』だと、俺は思っている」

「……待ってくれよ」

里史と同じくらい難しい顔をして聞いていた海里だったが、たまらず遮る。

「全っ然、信じられないんだけど。つまり、うちのご先祖が鬼か妖怪だったとでも言いたいわけ？」

そうだ、としかめっ面で里史はうなずいた。

「鬼の一種らしい。人の生き血を吸い、年をとらず、朝日に当たると消滅する」

真剣に聞いていた海里だったがあまりのことに、ふ、と思わず半笑いをしてしまった。

「じゃあ安心だ。だって俺も父さんも、そんなものとはまったく違うじゃない。俺は身長も伸びてちゃんと大人になったし、父さんも立派な中年になってる。太陽の下で平気で通勤通学して、血を飲みたいなんて思ったこともない。だいたい、俺みたいにトン汁が好物っていう鬼なんかいるわけないよ」

　明るい口調で言った海里だったが、里史はどんよりとした目でこちらを見た。

「ああ、そうだ。俺は普通の人間と、なにも変わらない。会社の健康診断で、尿酸値だってひっかかる。お前も……鬼なんかじゃなかった。他人の血を、口にするまではな」

　えっ、と海里は息を呑み、里史を見つめる。

「他人の血……まさか、さっきの……？」

「やっぱり、口に入っちまってたんだろう？　どう言葉で否定しようが、まともにものを食えないのがなによりの証拠だ。……智野見の一族は、二十歳まで血を口にしなければ、普通の人間として一生を終えることができる」

　里史は辛そうに、絞り出すような声で言う。

「その昔、食って生き延びることだけが目的だったような時代には、あえて鬼としての生を選んだご先祖も多かった。だが、今の世の中は違う。教育、娯楽、スポーツ、社交、美食、次々に生まれる新しい文化と好奇心。鬼としての生では満たされないものが、世の中には多すぎる。加えて、他人の血を吸い、加害者が見逃されるなど、医療と科学の進歩の前ではありえない状況になってしまった」

「二十歳まで血を口にしなければ、って……それじゃあ、父さんは」

「俺はもちろん、口にしなかった。お前の母さんもだ」

「母さんも、その智野見の一族だったって言うのかよ？」

「そうだ。一族以外のものとの間に、子を成すことは禁忌とされているからな。お前に恋人ができたら……いやその前に、好きな人ができたと知ったら、きちんと話すつもりでいたんだ。……まさか、こんなことになるとは……」

苦しそうに説明する里史を見つめながら、海里はだんだんと額に汗が滲んでくるのを感じていた。

最初はいったいなにを言っているんだろう、父親がどうかしてしまった、と心配していたのだが、だんだんとその話に信憑性を感じ始めてしまっていたからだ。

――父さんは、ちょっととぼけたところもある人だけど、こんな冗談を言う人じゃない。特に母さんについては……俺は小さくて覚えていないけど、今でも事故で死んでしまったことを嘆いてるくらいだ。だけど、まさか、鬼なんて……俺が血を飲んで生きる化け物になったなんて、そんな馬鹿なことが。

海里は黙って立ち上がると、急いで再びキッチンへと向かった。冷蔵庫を開け、あまりものだった小鉢の煮物、マヨネーズ、はては調味料入れからスプーンで砂糖を口に入れてみる。

数秒後、カラン、とスプーンが、キッチンの床に落ちて転がった。

「……駄目だ。なにを食べても……味がしない」

無理に飲み込もうとしても、喉がぎゅっと締め付けられるように感じて、吐きそうになってしまう。

立ち尽くす海里の前で、開けっ放しになっていた冷蔵庫のドアを、里史がパタンと閉めた。

「こうなってしまったからには、仕方ない。海里。どうすればお前がこの先、今の世の中で生きていけるか、父さんとゆっくり考えよう。それに、親戚たちにも連絡をとってみる。場合によっては彼らと暮らしたほうが、お前のためになるかもしれんしな」

肩を抱かれ、力なく海里はうなずく。けれどまだ頭のどこかで、こんなことはありえない、悪い夢なのではないか、と思っていたのだった。


「明日から大学の講義、どうするんだよ！　日差しが駄目って、ペナルティがでかすぎるだろ！」

あれから二時間近く父親に説明を受け、自室に入った海里は、ベッドの上でいまだに混乱の極みの状態だった。

「それにたっぷり七味をきかせた、熱々のトン汁……じゃがいもゴロゴロのカレーライス……とろーり卵とぷりぷりの鶏肉を使った親子丼……あの美味しさがどれもこれも二度と味わえないなんて……」

あぁーと海里は頭を抱え、ベッドの上で右に左に転がった。

別に一途に努力をしていたり、心に決めていた将来の夢があったわけではない。

漠然と、できるだけ給与条件と福利厚生のいい企業に入社して、三十代半ばまでには結婚して家庭を持てたらいいな、と思っていたくらいだ。

けれどそれらはすべて実現不可能なのだ、と知らされた海里は、トンネルの出口に突然蓋をされたように感じていた。

――太陽が駄目ってことは、昼と夜を逆転させるしかないよな。夜の仕事っていったら……やっぱり普通の会社員は無理だろうし。俺は接客は苦手だから、水商売はむいてない。となると、警備とか道路工事の交通誘導とか……？

だがそれで金銭を手にしたとしても、友人と遊ぶことすらままならないだろう。夜に会うことは可能だが、こちらはまったく飲み食いできないのだ。かろうじて、水は飲めると父親に聞いたが、それだけでは飲食店にも入りづらい。

――俺だけなにも食わずにいるのも、相手が気を遣うだろうし……それに空腹になって、友達の首に噛みついたりしたら洒落にもならない。……血は父さんが用意するって言ってたけど……嫌だなあ。

里史によると、海里たちの住んでいる市内より、さらに自然の多い奥多摩地域の山の中に、智野見の一族の末裔たちが、小さな集落を作ってひっそりと暮らしているらしい。

三世帯、十数人で、戦後に成人したものはすべて血を口にせず二十歳を迎えており、幼い未成年者もそのつもりで育てられているようだ。普通の人間となった一族のごく一部は、海里の両親のように集落を出て、より人に近い暮らしをしているという。

鬼と化しているものは数人で、いずれも実年齢であれば百歳を超えるのだそうだ。

だが、正体がバレる危険を冒さないよう、誰かを襲うなどということはせず、一族内で血を採取したり、乾燥血液を食料として常備しているらしい。

――知らない親戚たちの血を乾かしたものなんて、なんかすごく不味そう。

海里は想像するだけでげんなりして、顔を歪めた。

――俺はもう二度と、明るい日差しの中で散歩することも、海で泳ぐことも、お花見でお弁当を食べることもないんだ。

そう思うと、なんだかひどく切なくなってくる。

唯一、不老不死の能力を得たらしいが、海里は永遠に老いず死なないという状況に、魅力など感じなかった。

父親はいずれ人としての寿命がつき、いなくなる。彼女や親友を作ったとしても、同様にみんな先に老いて死んでしまうではないか。長く生きれば生きるほど、とてつもない孤独が待ち受けているとしか思えない。

それに自分の正体を隠しつつ、いつまでも若いままの外見で他人と深い関わりを持つことは、とても難しいと思えた。

里史からは、山奥の一族のもとに行って暮らせば孤独からは免れられる、と言われていたが、がっちりと出来上がった組織の中に入っていくようで、海里としては気が引ける。

それに一族内でいろいろと決まり事があるらしく、永遠に堅苦しい親戚付き合いをしながら毎日を送るなど、息が詰まりそうだ。

——せめて、父さんが元気なうちはここで……夜の間だけでも、人間の中で暮らしていきたい。

母親を早くに亡くした海里は、小学校の低学年のうちから、できるだけ家事をやってきた。最初は上手にできなくて、べたべたになってしまったごはんも、黒焦げになってしまった玉子焼きも、父の里史は美味しい美味しいと言って食べてくれた。

今ではすっかり料理の腕も上達し、ワイシャツのアイロンかけから、窓のガラスを布の繊維を残さずにぴかぴかにすることまで、家事には自信を持っている。いつでも嫁に行ける、と里史に冗談を言われているくらいだ。

そんなことを考えながら、まだ実感が湧かない海里は長いことベッドの上で鬱々（うつうつ）としていたが、ふと窓の外に、何者かの気配を感じて上体を起こした。

海里の家は木造の、小さな平屋の一軒家で、この部屋の窓は道路に面している。

野良猫か、こんな時間には珍しいがカラスかもしれない。けれど、なぜかそわそわして落ち着かず、海里はしばらくカーテンの閉まった窓を見つめていた。

——なんだろう。……誰かがこっちを見てるような。なにかに呼ばれてるような……変な感じがする。

たとえ泥棒だろうと、今の海里にとっては些細（ささい）な問題のように思える。だが、どうしても気になってきてベッドから降りると、海里はゆっくり窓に近づいた。そしてカーテンを引き、ハッとして固まる。

――あれは……人、だよな？　やっぱり、誰かいる。

海里の目に入ったのは、道路を渡った正面の、駐車場の近くに佇む人の形のシルエットだった。

シルエットは、こちらがカーテンを開けたことに気が付いたらしい。頭を上げ、こちらに真正面に身体を向けて、仁王立ちになっている。

――なんだ？　間違いなくこっちを意識してるみたいだけど……。

この辺りは街灯が少なく、どうやら男だということはわかっても、顔まではよくわからない。けれど不思議と海里には、その男が怖いという気持ちは湧いてこなかった。

ただ、いったいなにをしているのだろうという好奇心が湧くとともに、もしかして自分が今夜、人ではないものになってしまったことと関係があるのではないかと思えて仕方ない。

そっと部屋を出て居間へ行くと、おそらく海里の先々を心配して考えながら眠ってしまったらしき里史が、座卓の上に突っ伏していた。

その肩に脱いだままになっていた上着をかけ、朝日が出るまでに帰る、と書いたメモを置き、海里は音を立てないように、玄関から外へ出る。

「うっ、寒……」

そろそろ季節は春だというのに、夜間はまだ冷える。不老不死でも寒さは感じるのだ、と思いながら、海里は周囲を見回した。

と、先ほど窓から見た場所に、男は立ち尽くしたままだった。

——暗くてよくわからないけど、やっぱりこっちを見てる……よね。

いざとなれば家に逃げ戻ればいい。海里はそう考えて、慎重に男に近づいて行く。

すると男のほうも、まるで恋人でも出迎えるように芝居がかった仕草で大きく両腕を広げ、こちらに歩み寄って来る。

こんな深夜に家の前でそんなポーズをされたら、不審者としか考えようがない。思わず海里は足を止めた。

だがやはり不思議なことに、あまり海里の心には恐怖心が湧いてこない。なんだか以前からこうなるとわかっていたような、デジャヴに似た感覚があったからだ。

——俺は、この人を知ってるのかな。それも、ずっとずっと昔から。だってなんだか、懐かしい感じがする……。

「……こんばんは」

ようやく男の顔が、やや離れた場所の街灯でぼんやりわかる位置まで近づいてくると、海里はそう声をかける。

「あの。こんなところで、なにをしているんですか」

淡々と尋ねる海里を前に、男はまだ大きく両腕を広げたままだ。その唇が笑みの形に開かれ、両の拳は喜びを噛み締めるかのように、ぎゅっと固く結ばれた。

「……花峰海里」

「はい？　なんで俺の名前を知ってるんですか。うちに、なにかご用でも」

「俺は、ずっと長いことお前を見てきた」

　甘い美声が夜の空気を震わせた、そのとき。さあっと雲が流れ、青い月の光が辺りを照らした。

　海里は目の前の、長身の男の姿を改めて見て、ぽかんと口を開けてしまう。男はそれほどまでに、整った容姿の持ち主だったのだ。

　彫りの深い顔立ちは、日本人ではないようだった。色は白く、睫毛(まつげ)が濃い。柔らかくウエーブのかかった栗色の髪に、高い鼻梁(びりょう)。引き締まった頬も、きりりとした眉も、中世ヨーロッパの絵画から抜け出てきたようだった。理由は不明だがその顔には明らかに、歓喜の表情が浮かんでいた。

　改めて、海里は尋ねる。

「えっと……俺を見てたって言われても、意味がよくわからないんですけど。どちら様ですか」

「意味がわからない？　見ていたと言っているんだ、なにもかも。ずっとずっと、前から後ろから様々なアングルでそれはもう舐めるように、視線でお前に穴が開く心配をするほどに見てきた。お前のことなら、俺はなんでも知っている」

「……もう、わかりました。いいです」

　ちょっと危ない人らしい、と海里は察し、くるりと背を向けて家に戻ろうとする。その腕を、男はガシッとつかんだ。

「なっ、なんですか、放してください」

「お前のことを見ていただけだった俺が、なぜ今夜お前と接触を図ったのかわかるか」

ああ、と男は、感極まったような溜め息をつく。

「今夜は記念すべき夜だ。これからはお前も、俺のことを知れ。……俺の名前はルカ」

「別に知りたくないいんですけど……じゃあ、ひとつだけ教えてください。なんの記念なんですか」

名前からしても日本人ではないようだが、言葉はとても流暢(りゅうちょう)な日本語だ。そんな人がなぜ自分を知っているというのか、海里にはまったく見当がつかなかった。

ルカはそんなこちらの気持ちなどわかっているとでも言いたげに、薄く笑う。それからまじまじと、こちらが恥ずかしくなってしまうほど、海里の顔を見つめてきた。

「……先ほど、顔に血がついていたようだったが」

言われて海里は、ハッとなった。

「もしかして……！　昨日俺が酔っ払いと揉めて気を失っちゃった後、あなたが……家まで運んできてくれたんですか？」

ルカはゆっくりとうなずき、海里はペコリと頭を下げる。

「ありがとうございました！　なんで俺の家がわかったのか、わからないですけど。ともかく、助かりました」

礼を言って顔を上げると、そんなことより、とルカは急(せ)かすように言う。

「お前は、あの男の血を舐めたんだろう？　……そして、鬼として目覚めた。だから気配に敏感になり、俺の存在にも気が付いたんじゃないのか？」

「え。……鬼って……」

　もしかして、海里が他人の血を口に入れるとどうなるのか、ルカは知っているのかもしれない。

「あ、あなたは、俺と血にまつわる……その、なんというか、厄介（やっかい）なことを知ってるんですか？　どうして？」

「俺に尋ねる前に、俺が尋ねたことに先に答えろ、花峰海里。お前は、人か、鬼か？」

　う、と海里は一瞬言葉に詰まったが、ルカの口調からすでに、なにもかも知られているような気がした。小さな声で、肯定する。

「鬼……です。多分」

　そう答えると海里が一瞬たじろいでしまうくらい、ルカの美貌に、輝くような笑みが浮かんだ。次いで形のよい唇から、満足そうな溜め息とともに声が漏れる。

「――そうか。やはりそうだったか。……素晴らしい！　この、望みが叶ったという充実感……！　つまり、これこそが記念すべき事象なのだ。どれほどに俺がこの日を待ち望んでいたか、お前にはわからないに違いない」

「は、はい。全然、わかりません」

　感極まったように言われても、事情をまったく呑み込めない海里は、怯えたようにルカを見つめることしかできない。

ルカは興奮を鎮めようとするかのように、ふう、と幸福そうな溜め息をつき、胸を押さえた。

「では、ついて来い。いろいろ知りたいことがあるだろう。なんでも教えてやるぞ。……俺のことについても、自分の種族についても」

どうやらルカは、智野見の一族のことを詳しく知っているようだ。海里はそう察し、歩き出したルカの後ろを慌てて追う。

――この人は、いったいなんなんだ。智野見の一族について知っているのも驚きだし、それに……どうしてこんなに嬉しそうなんだろう。

警戒心より、自分を含めた人間ではない生き物に対する好奇心が勝った。それにもしこの男が誘拐犯でも強盗でも、自分が不老不死というのが事実であれば、恐れる必要などない。

あるいは、智野見の一族にとって害のある存在であれば、父親に教えなくてはとも考えた。

ルカは時折振り返り、海里がついて来ているのを確認すると、上機嫌らしく鼻歌混じりで、どんどん街灯の少なくなっていく林の中へと歩いて行った。

――俺はこの辺りもこの建物も……知ってる。子供のころ、何度か来た。

綺麗に舗装はされているが、あまり車の通らない道に沿った林の中。海里がそう思いながら見上げていたのは、幼いころ、幽霊屋敷と呼んでいた大きな洋館だった。

おそらく建てられた当初は、素晴らしくハイカラでモダンな家だったのだろうが、今の建築基準とは違う小さな窓はすっかり曇っているし、窓枠もボロボロで、屋根の風見鶏も傾いている。

外装は剝げ、扉の金具は錆びて赤く、びっしりと絡まった蔦はこの時期は茶色く枯れ、この年齢になって改めて見ても、やはり幽霊屋敷と思わずにはいられないような建物だ。

ルカはギイッと嫌な音を立てて軋む門を開くと、同様に耳障りな音をさせて扉を開く。

一瞬海里はこの中に入って、再び無事に出てこられるだろうかと感じたが、引き返そうとまでは思わなかった。

お邪魔します、とつぶやいて中に入り、思わずうわあと感嘆の声を上げる。

そこはまるでテーマパークの、魔法使いの館といった様相を呈していたからだ。

入ってすぐの場所が広間のようになっていて、右の奥にはマントルピースと暖炉がある。

敷かれた赤い絨毯は、華やかな柄が描かれてはいたけれども、端は擦り切れたようになっていた。

中央に置かれているシートと背もたれがゴブラン織りの猫脚の家具も、本棚ほどの高さがある大きな時計も、いずれも立派な調度ばかりなのだが、骨董品のように見える。

シャンデリアはすべて蜘蛛の巣だらけだったし、どっしりとしたカーテンの生地も裾がほつれ、部屋の隅にはまるで生き物のように、大きな綿埃がころころと転がっていた。

二階に続く大階段と踊り場、それから左右に分かれてさらに階段が続いている。何ＬＤＫとかいうような、そういう範疇には収まらない家だと海里は思った。

ルカは相変わらず、妙に嬉しそうな、うきうきとした声で言う。

「改めてようこそ我が家へ。歓迎するぞ、花峰海里。今夜はお前が鬼に目覚めた、二度目の誕生日と思えばいい。ああ、しまった。今夜お前が訪れるとわかっていれば、鬼としての誕生祝いの飾りつけくらいはしたんだが」

「いや……お気遣いなく……」

躊躇している海里に、座れ、というようにルカは一脚の椅子のほうにスイと手を向け、自分もゴブラン織りの一人掛けの椅子に腰を下ろす。

海里は素直にうなずいて、布の擦り切れかけた椅子に、遠慮がちに座った。

「さて、なにから聞きたい？」

身を乗り出して言うルカは、精悍で比類なく整っているが、どこか陰のある顔立ちだ。しかしどういうわけか今、その瞳は幼い少年が初めて本物の消防車を見たとでもいうように、嬉しそうにきらめいている。

海里はそんなルカに、どんな反応をしていいかわからず、おずおずと尋ねた。

「ええと。さっきからの言葉を考えると、いろいろ俺のことを知ってるみたいですけど。俺はあなたのことを全然知らないし……。あなたが言っていた種族っていうのも、実はちょっと前に父親から聞かされたばかりなんです。それも正直、まだ全部は信じ切れていなくて」

「そうか。なにも知らされていなかったのなら、すぐに信じるのは難しいだろう。だが、お前は新たな生を受け入れるしかない。心配するな、いずれ慣れる」

　ルカは言って笑みを浮かべたが、それは決して穏やかな優しい表情ではなかった。どこか傲慢で、勝ち誇ったような笑顔だ。それは無性に海里を不安にさせたが、聞きたいことはたくさんあった。

「慣れようにも、知らないことだらけで……まず教えて欲しいのは、ルカさんは智野見の一族について、どこまで知っているかってことなんですけど。なぜ、外国人のあなたが知っているのかも。それに、なんでこんな時間に俺の家の前にいたのか……」

「ルカ、と呼び捨てでいい。……順番に答えよう」

　ルカは言い、低く甘い声で語り出す。

「俺が智野見の一族について知っているのは、そうだな、五十年代あたりからだ」

「五十年代って……まさか一九五〇年代？　七十年近く前ですか？」

「そうだ。当時は今より大きな集落があり、百人ほどいたと思う。そのうちの三割ほどは人間として。それでも自分たち一族の未成年が、いつ化け物に変化してもおかしくない種族であることを一般人たちにバレないよう、非常に厳しい規律のもとで暮らしていた」

「ルカさ……ルカはそのころに日本に？」

「そうだが、それはともかくもう一回呼んでみてくれ」

「は？　名前をですか？　……ルカ」

ルカは胸に手を当てて、ジーンとしたように目を閉じ、首をゆっくりと左右に振った。

「海里の声が、俺の名前を呼び捨てで呼ぶ。感動するものだな」

「よくわからないけど、先を続けてください、ルカ」

「もう一回頼む」

「これ以上しつこいと、二度と呼びませんよ、ルカ」

困惑してうながすと、ルカは幸福そうな溜め息をつき、再び説明を始めた。

「どこまで……ああ、俺が日本に来たころの話だったな。俺が彼らのことを知り、世代が変わっていくうちに、村の状況は少しずつかつてとは違うものとなった。村を離れるものも出て、その一族の末裔に、お前が誕生した。そのまま人間として成人するのか、あるいは鬼の亜種へと変わるのか。……発芽した植物の成長を見守り、どんな花が咲くのだろうという気持ちで気にかけていた」

それでは、いよいよ父親の話は本当だったのだと、海里は絶望しながらも確信する。

思わずがっくりしてしまったが、ふと、ルカの話に矛盾を感じた。

「だけど、こう言っては失礼かもしれないですけど、ルカはどう見ても三十歳前後に見えます。戦後に来日したんだったら、当時子供だったとしても、高齢者と言ってもいい年齢になるんじゃないですか？」

「生きてきた年齢ということなら、それ以上になる。この国を訪れたのは、成人して随分と経ってからだ。この意味が、わかるな？」

そう言われてもすぐにはわからず、しばらく沈黙して考えた海里だったが、ひとつの可能性に思い至って口を開く。

「もしかして、ルカも智野見の一族……？」

そうに違いない、と半ば確信して言った海里だったが、ルカは薄笑いを浮かべたまま否定した。

「違う。……お前たちは平時に角こそないものの、この日本という国に古来から棲む、鬼の一種だ。とはいえ、そうした鬼の亜種のようなものたちは世界中にいるから、俺もまた近い存在だとはいえるだろうがな。俺のような血液を摂取する化け物たちをまとめて、欧米の人間たちはヴァンピール……吸血鬼と呼ぶ」

その単語を耳にした海里は、ひどく腑に落ちるものを感じた。

他者の血を口にしなければ生きていけない生き物。まさしくそれは吸血鬼だ。

鬼だと日本風に感じるが、吸血鬼だとヨーロッパの妖怪というイメージが強い。

「吸血鬼っていっても、俺には子供向けのホラー漫画の知識しかないんですけど……血を吸われた人が、吸血鬼になるんでしたっけ？　棺桶で眠ってマントをつけて、コウモリに変身したりとか」

海里の言葉に、ルカは軽く肩を竦めた。

「そこまでいくと、デフォルメされたキャラクターといった感じだな。別にマントは着ないし、ベッドで眠るし、コウモリに親近感もない」

「じゃあ、ニンニクとか十字架が苦手っていうのは？」

「ニンニクの匂いは嫌いだが、それは納豆の匂いが嫌いというのと同じようなものだ。十字架は特になにも思わん。……人間どもの言う弱点として当たっているのは、銀の弾丸と日光くらいのものだ。それも銀の十字架を溶かして作った云々というのは無関係で、単に銀という金属に拒絶反応を示す体質というだけのことだが」

なるほど、と納得する海里に、ルカは続ける。

「それから、吸血鬼に血を吸われた人間が吸血鬼になる、というのも本当だ。……俺はもともと、人間として生まれた。故郷はイタリアだが、その後移民として家族とアメリカに渡った。成人してからは禁酒法時代に大いに稼いだんだが。組織同士の銃撃戦で死にかけたところを、統率力と縄張りを広げる戦略的経営の腕を見込まれて、我が一族の仲間になれと声をかけてきた吸血鬼がいた」

——禁酒法時代。大いに稼ぐ。組織同士の銃撃戦。……それってもしかして。

「ええと。し、失礼ですけど、ルカってもしかして、ギャングだったり…とか？」

昔見たマフィアものの洋画を思い出しつつ、海里は恐る恐る尋ねる。

そういうことだ、とルカはあっさり認め、懐かしむような目をして言う。

「組織を束ね、どんどん大きく拡張していく楽しさのある、いい時代だったぞ。金さえあれば警察官も政治家も簡単に言うことを聞いた。マスコミ連中も手足同然に、俺たちを有能なヒーローのごとく書き立てたからな。邪魔なやつは家ごと燃やした。その上に不老不死となったら、言うことはない。……はずだったんだが」

ルカは見た目の若さにそぐわない、生きることに疲れたような目をして言う。

「飯はもちろん、美味い酒が二度と飲めないことには閉口した。それに吸血鬼どもにも、長老だの誰の血筋が正しいだのと、面倒なコミュニティがあってな。俺はやつらが人の社会に交じって生きるに当たって、戦略的に必要とされたらしいが、勝手に血を吸って仲間を増やすことは禁じられていた。縄張りやら掟やらでがんじ搦めにされるうちに、時代はどんどん変わっていった」

ルカは遠い過去に、思いをはせるような表情で続ける。

「酒が合法化されギャングは一掃、車がやたらと増え、夜も昼のように明るく賑やかになった。アスファルトとコンクリートはなかなか血を吸わん。簡単には人を屠れず、深夜ですらガキどもが調子に乗って騒ぎ、うるさくてたまらんから餌にしようとしても、慎重派の長老だのが止めにかかってくる。窮屈さに耐えかねて、俺と一部のものたちは、新しい土地を目指すこととなった」

殺伐とした内容に、眉を顰めて聞いていた海里は、控えめに口を開いた。

「……それが、日本……？」

「ああ。第二次大戦後の混乱期に渡ってきて、横流しと闇市で、俺たちは莫大な財産を築いた。この国は宗教に寛容で、銃が横行していないことも気に入った。それに酔狂な学者や文士の中には、俺たちの正体を知りつつ、生態に興味を持って協力を申し出てくれたものもいたからな。この屋敷も、そうした連中の置き土産だ」

――なんか、やっぱりちょいちょい、話に物騒なことが絡んでくるんだけど。

海里は内心、ルカの話に引いていた。吸血鬼というだけでも恐ろしい存在なのに、どうやら人間だったころは犯罪組織の一員だったらしい。

さらには日本に来てからも、正当な方法で蓄財してきたわけではないようだ。

本当にこの男に教えを乞うて大丈夫だろうか、という不安が一瞬胸をよぎったが、もうここまで来たら、いっそ毒を喰らわば皿までも、という気持ちになる。

それに自分も今や、モンスターの一員になってしまっているのだ。

「えっと……それでもそんな昔から今まで生きてこられたのは、やっぱり、その。ひ、人の血を吸ってきたんですよね？　被害者が吸血鬼になったら、どんどん増えたんじゃないんですか？」

意外にもルカは、違うと首を横に振る。

「簡単に仲間にはできん。だから人間を襲う場合は、殺しが前提だ。が、人を襲って血を吸うなど、長いことしていない。近代化が進み、生きづらくなったのはこの国も同様だ。科学捜査や監視カメラなどという、極めて厄介なものが進化してしまったからな」

「そ、そうですよね。やっぱり簡単に人を傷つけるのはよくないですし」

少なくとも昨今は、人間を餌にしていないらしい。ホッと胸を押さえる海里に、まったく見当違いのことをルカは言う。

「うん？　俺は別に道徳の話をしているわけじゃない。問題なのは、『味』だ」

は？　と海里は首を傾げる。それまでどこか世捨て人のように、淡々と話をしていたルカだったが、急にその声に熱がこもった。

「いいか、よく聞け。血の味はどれも同じではない。爬虫類よりは哺乳類。草食獣よりは肉食獣。動物よりは人間。そして、一番美味いのが……吸血鬼の血だ」

えっ、と海里は驚きの声を上げる。

「そうなんですか？　俺はてっきり、味なんていうのがあるとすれば、美女の血が美味しいのかなって思ってました」

「あまり雌雄は関係ない。ただ、個体によって味が違うし、好みもある。いずれにしろ人間の血は、よほど飢餓にでも襲われんかぎりは口にする気がおきん」

へえ、と海里は初めて知った吸血鬼の味覚事情に、感心してうなずくしかない。

「でも、それじゃあ共食いするなんてことも……？」

「ある意味そうかもしれんが……最近では、『吸う』などという行為すらしない。採血して容器に入れて、交換する。生きていくだけならば、さほど量は必要ない」

「あ。確かに智野見の一族も、一族の中で乾燥血液を用意してるって聞きました」

海里の言葉に、なぜかルカはかすかに、白い喉を上下させた。

「……そうだろうな。世間を騒がせず、血を摂取して生きていこうと思ったら、内々でことを運ぶのが一番だ」

　ふんふんとうなずいて、海里は今説明された事実を反芻(はんすう)する。

　――やっぱりこの人に、いろいろなことを聞けてよかった。普通の人間として暮らしている父さんより、詳しく事情を知っているみたいだし。

　それにしても、郊外で自然が多く残っている場所とはいえ、自宅からこんなに近い場所に吸血鬼が暮らしていた、というのは驚きだった。お化け屋敷と呼んでいた子供たちの直感は、正しかったのだと言える。

　けれどもちろん、なによりも想定外で驚愕したのは、自分が鬼の一族の末裔だったということに他ならない。

「さっきも言いましたけど、俺は自分がその、智野見の一族だという話を聞いたのは、つい何時間か前のことなんです。いきなり、普通の食料が喉を通らなくなって。酔っ払いの血が口に入って、わけがわからなくなって……」

　海里の言葉に、ルカは軽くうなずいた。

「ああ、そうだったな。お前の口に血が付いていたのを見て、俺は正直、気持ちが高揚した。お前の中の智野見の……鬼の血が目覚めるだろうと」

　言ってルカはゆっくりと立ち上がり、海里の横に腰を下ろす。そうして手のひらを、そっと海里の頬に滑らせてくる。

　海里はビクッとしたが、払いのけることはしなかった。というのも、かつて嗅いだことのないような芳香を、その手のひらに感じたからだ。

「……俺の鬼の血が目覚めることが……ルカになんの関係があるんですか？」

「言っただろう。俺はお前が誕生したときから、ずっと見ていた。最初の半年ほどは単なる観察対象だったが、やがてお前の愛らしさに、俺は成長を見守る楽しさを覚えた」

ルカはしみじみと、記憶を噛み締めるように言う。

「わかるか。ただ生きるだけの無味乾燥の日々に倦み、白黒の世界で唯一、お前だけに色が付いて見えた俺の気持ちが」

そう力説されても、もちろん海里には理解できない。

こちらはごく普通の日常を、当たり前のように暮らしていただけだからだ。

しかし、とルカは続ける。

「お前がいずれは朽ちてしまう人間なのだと考えると、ここ数年はたまらない喪失感を覚えるようになっていた」

ハッと思い至って、海里はルカの顔を見た。

「俺にナイフを向けた男って、ルカが差し向けたとかじゃないですよね？」

するとルカは、苦虫を嚙み潰したような顔になる。

「なんだと？　あんな下品で低俗な生き物にお前を襲わせるなど、ありえない。……しかし俺自身が、お前を鬼に目覚めさせたい、と考えたことがあるのは否定しない」

それを聞いて、海里はルカの自分に対する執着の強さを、不思議に感じた。

「どうしてそんな。俺はとりたてて、なんの長所もないですよ」

「お前は、自分の魅力についてわかっていないだけだ！　ずっと観察してきた俺が言うんだ、間違いはない」

断言されて、海里は怒っていいのか呆れるべきなのか、途方に暮れてしまった。

「じゃ、じゃあ聞きますけど、なんですか、俺のいいところって」

「逆に聞くが、悪いところはどこだ？　ないだろうが。容姿も声も、性格も。それに匂いも……おそらく味もだ」

「え……っと。味……？」

目が点になる海里に、得々とルカは説明する。

「言っただろう。なにより美味いのは、吸血鬼の血だと。そして、それは同族の者より、別の種族のほうが、さらに美味い」

ルカは海里の耳たぶに、唇が触れそうな距離で囁いてきた。身体の距離が近くなると、さらに芳香は強くなる。

「だから、ルカは俺が鬼になることを望んでた……？」

「それだけじゃない。お前が鬼となれば、俺と同じ時間を生きることができる。どこまでも、いつまでもだ……この意味かわかるか？」

問われたが、芳香のせいで海里はすっかり陶酔状態になって、その言葉の半分も耳に入っていなかった。

――紅茶と蜂蜜と……露に濡れた花びらを混ぜたみたいな香りだ……。

甘く馨しいその香りは、頭の奥から脳がとろけてしまうような、そんな気にさえさせられた。

うっとりとして、海里がとろんと目を閉じかけたそのとき。

「い……っ！」

ガリッという鋭い痛みが、首筋を襲った。咄嗟にルカの身体を押しのけようとしたが、強靭な両腕が、がっしりと海里の背に回される。

「痛、あ……っ！　あ、あっ！」

ズッ、と耳の下の頸動脈に、深く牙が突き立てられていくのを海里は感じた。

濡れた唇がそこに押し付けられ、ルカの白い喉が上下するたびに、ジンとさらに強い痛みが走る。

――お、俺の血が、吸われてる……！

海里の身体は恐怖と驚愕でブルブルと震え始め、海里の身体にかけたルカの手の指は、鉤のように曲がって筋肉に食い込んでいた。

――殺される。このまま、血を吸い尽くされたら。

怯えて見開いた瞳から、涙が転がり落ちるのを感じた。驚愕に硬直した身体は熱を持ち、口を大きく開いてもほとんど声が出ない。

「……はあっ、あ、は……っ」

頭が朦朧とするうちに、今度は身体が弛緩し始める。ルカの肩に突っ張っていた手からも力が抜け、ずるりと落ちた。と、ゆっくりと首から牙が抜き取られていく。

涙でかすんだ海里の目に、恍惚とした表情で、口の周りの血をゆっくりと舐めとるルカが見えた。

その血に濡れた赤い唇を開き、陶酔したような声でルカは言う。

「甘くとろけ、深いコクがあり、それでいて少しもしつこくなく、すっきりと心地よい喉越しと後味。ああ……なんという美味さだ……！　美味に巡り合えた震えるほどの感動、いったいどれほどぶりのことか……」

グルメの蘊蓄のようなことを言われても、海里はそれどころではない。

「う……っ」

氷のように冷え切った指先で、傷口に触れてみる。熱を持ってわずかに盛り上がったそこは、ズキズキと痛んだ。

牙が抜きとられても、まだ身体に力は戻らない。

——俺は……殺されるんだろうか。手足は、感覚がなくなりそうなほど冷えてるのに、頭は燃えるみたいに熱い。

全身に力が入らず、ぐったりとソファに身を預ける海里だったが、だんだんと呼吸が速くなってくる自分に気が付く。

どうなってしまうんだろう、と思ったそのとき、ルカが海里の背とソファの背もたれの間、そして両膝の下に腕を入れてきた。ビクッ、と身体が大きく跳ねる。

「あ、あ……ッ！」

普通に触れられただけなのに甘い声が漏れてしまい、慌てる海里をぐいと抱き上げて、ルカは悠然と歩き出す。

「ここからは、デザートの時間だ」

一歩足を進めるごとに、ぎし、ぎし、と古い床が軋む音を立てた。それに合わせて、海里の心臓が、ドクン、ドクンと大きく鳴る。

長い廊下には、ところどころに燭台(しょくだい)が置いてあり、蝋燭(ろうそく)の明かりはあるもののひどく薄暗い。

大きな人形のように抱えられる海里の目の端に、いくつものドアが映った。想像していたより、ずっと屋敷は広いようだ。

やがてルカは、そのうちのひとつのドアを、乱暴にドンと足で蹴る。

ギイイ、と棺桶の蓋が開くような音を立ててドアが開くと、真っ暗な部屋にルカは躊躇なく入っていく。

その間にも、海里の呼吸はひどく速く、荒くなっていた。

そしてなにより、下腹部から突き上げてくるような熱を感じて、身体はずっと小刻みに震えている。その身体が、柔らかなマットらしきものに、ドサッ、と落とされた。

シュッ、と音がして、ルカがライターで室内のオイルランプに火を灯(とも)すのがわかった。

——ここって……寝室？

真っ暗な室内では、オイルランプの光が眩しいほどに明るく思える。

オレンジ色の柔らかな光に映し出された室内は、これまた外観や居間に劣らず古めかしい、幽霊の出る洋館といった佇まいそのものだった。

ゆらゆらと揺れる明かりに、額縁に描かれた真っ赤な夕焼けの風景画が照らされ、不気味に見える。

新しかったころはさぞ立派だったであろう、チョコレート色のマホガニーの家具類は、あちこちニスが剝げ、ビロードのクッションは擦り切れている。

海里が寝かされているベッドは、天蓋のついたキングサイズのものだったが、透ける絹のカーテンもところどころ破れ、上のほうには蜘蛛の巣が張っていた。

いつもの海里であれば、滅多にないこんなクラシックの展示品のような室内の光景を、面白がっていつまでも眺めていたかもしれない。

だが今の海里は、それどころではなかった。

――なんだ。どうしたんだよ、俺は。噛まれた首が痛くて、この人は本当に吸血鬼で、俺は人間じゃなくって、それを知って混乱してるはずなのに。なのに……どうして！

痺れたようになって、ろくに動かない海里の身体。その下腹部は、燃えるように熱く硬くなっていた。

細身のパンツを履き、仰向けに横たわっている海里は、その自身をルカの視線から隠したいのだが、ろくに手足が動かないのでどうにもならない。

ルカはそんな海里を、生まれたての卵を前にした蛇のように、今にも舌なめずりをしそうな表情をして見降ろしている。

「初めて血を吸われた気分はどうだ。……いったい自分はどうなってしまったのか、と思っているんだろう？」

「お、おかしい、です……身体が。なんで、なのか、自分じゃよく、わからなく、て」

呂律もあまりよく回ってくれなかった。

ルカは満足そうな笑みを浮かべ、ベッドに腰を下ろし、こちらに手を伸ばしてくる。

「怖いのか、可哀想に。だが、怯えるお前も、とても可愛らしい。……いいか、よく聞け。唇を肌につけ、牙を立てて直接血液を吸うと、当然俺の唾液がお前の血管に入る。そうすると……こうなる」

すっ、と足の間に触れてこられて、海里の身体がビクッと跳ねた。

「ひ……っ、ああっ……や、やめて」

「やめてもいいが、間もなくお前はやめないでくれと、懇願することになるだろう。……観念しろ。俺もお前も、そういう身体にできているんだ」

それは本当なのかもしれない。海里はすでに、下腹部からせり上がってくる熱で、どうにかなってしまいそうだった。

「そ、それじゃあ、もし俺が、ルカに嚙みついても、同じことに……？」

海里は息を弾ませながら問う。今や額には汗が浮かび、胸が大きく上下していた。

「もちろんそうなる。だが、悪いが俺には、嚙みつかれる趣味はない」

痛いからな、とルカは笑いながら上着を脱いで床に放り投げ、次いで自分のシャツのボタンを外し始めた。

それからベッドに膝をついて乗り、海里の下腹部にまたがるようにして座る。穴が開くのではないか、と思うほどにこちらを凝視しながら、ルカは満足そうに言った。

「素晴らしい。頬を紅潮させて、目を潤ませたお前を、これだけじっくり眺められるとは、なんという至福の時だ……！　写真もいいが、やはり実物に勝るものはない。お前はとても、淫靡(いんび)で綺麗だ」

「お、俺はそんな……っ、あっ」

恥ずかしさに動揺し、海里はますます身体が熱くなってくる。ルカはボタンをすべて外し終えた。

「花峰海里。お前は俺のものにする。ずっと以前からそうしたいと思っていた。その願いが、今夜ようやく叶う」

言いながらルカは、海里の頸動脈付近にある嚙み傷に、指先で触れた。

「――っあ！」

痛みだけではない感覚が、傷口から海里に伝わる。そこからゆっくりとルカの指が滑らされ、シャツのボタンへとかかった。

「あ……ああ……っ」

怖かったし、組み敷かれることに抵抗もある。けれど今の海里は、快楽を求める本能に、抗えなくなっていた。自分を見下ろすルカの、完璧なまでに整った顔に、悪魔のような美しい笑みが浮かんだ。

「快楽に弱い、可愛らしい身体だ。……喜べ、海里。たっぷり心ゆくまで、満足させてやる」

ルカの指は、この一秒一秒を楽しむように、海里のボタンを外していく。

「あっ、んん……っ！」

もう、ルカに抗う気持ちもなく、なぜこんなことになったのかも、海里はなにも考えられなくなっていた。身悶えすると、ルカはふふ、と小さく笑った。

「敏感だな、海里は……髪も汗も、いい匂いだ。早くこの香りを嗅ぎたい、肌に触れたいと、俺がどれだけ焦がれていたと思う」

「ん、ん……っ、……ああ」

開かれた裸の胸に、ルカの手のひらが触れてきた。骨や筋肉の形を確かめるように、じっくりと肌を撫でてくる。

――身体が、おかしい。気持ち、いい。それに俺……この手のひらを……感触を、知ってる。すごく、安心する……どうして。

朦朧としつつ海里は一瞬思ったが、たちまちその思考さえも、快感にとろけてしまう。

「い、い……っ、あ、んんっ！」

どこを触られても感じてしまい、全身が性感帯になったかのようだった。

「っああ！　そこ……っ」

つっ、とルカの指が、胸の突起に触れたとき、ひときわ甘い声が海里の唇から漏れた。

「もっと、もっと、して……っ、あ、ああ」

初めて愛撫(あいぶ)された部分だというのに、海里は完全に感じてしまい、思わず懇願してしまう。

ルカは、まるで久しぶりの豪華な料理を、少しずつゆっくりと味わっているかのような表情で、嬉しそうに言った。

「こんなに硬くしてしまって、可哀想に。だが、そこがまた可愛らしい。……肌も滑(なめ)らかでそそられる」

きゅ、と突起をつままれると、ビリッと甘い疼(うず)きが走った。

「っあ、は……ッ！」

たったそれだけの行為で、海里は背を反らす。

「こんなふうにされて快感を得るなど、考えたこともなかっただろう。今のお前は、昨日までとは違うということだ」

「はあ、んっ……やっ、ああっ！」

強く優しく弄(いじ)られる海里の突起は、カチカチにしこってしまっているのが、自分でもわかる。

「あっ、ああ。も、もっと……もっと、して」

ビクッ、ビクッと触れられるたびに身体が跳ね、無意識にねだりながら、海里はシーツの上で身をくねらせた。

すでにシャツの前は全開になっていて、ルカは肌の上をいいように撫でさすり、爪を立て、刺激してくる。

「駄目え……っ、あっ、気持ち、い……っ」

唇の端から唾液が零れているのが、自分でもわかる。それに海里のものは、すでにパンパンに張り詰めていて、細身のパンツがひどく窮屈で苦しい。

「——ヒッ！」

その部分を布の上から爪で擦られ、海里の腰が大きく跳ねた。

「も、もう……っ、い、いきたいっ、いか、せて」

ぴったりとした硬い生地の中で硬度を増していくそれは、快感と共に痛みを伝えてくる。

「わかっただろう、海里」

マウントポジションのルカは、傲慢に言い放つ。

「お前は男の指先ひとつでこうなる、淫らな身体になっている」

もうなんでもいい、それでもいい、と海里はもどかしさに泣きそうになりながら思う。このままじわじわと快感を与え続けられたら、おかしくなってしまいそうだった。

布の上から幾度も爪の先で擦られて、海里はそれだけで達しそうになっていたのだが。

「ああ……っ！」

ルカは身体を倒してきて、傷口に再び唇を押し付けてきた。牙を突き立てられる痛みを想像して、一瞬海里の身体は竦んだが、今度はルカはそうしなかった。

「は……っ、ん、んんっ」

濡れた舌が傷口に這わされ、優しい口づけを落としてくる。蛇のように舌先がちろちろと動き、それが与える甘い疼きに、海里は切なげに眉を寄せた。

「はあっ、あ……っ、あ」

まだ傷口に付着している血液が、美味しいのかもしれない。ルカは丹念に傷口を舐め、海里は顎を上げて喘ぎながら、半泣きになってしまっていた。

「ルカ……も、もう、俺……俺っ、我慢できない……っ」

助けを求めるように言うが、ルカは顔を上げない。

形のよい唇はゆっくりと移動して、まるでようやく手に入った貴重な果実を、一口で食べてしまうのを惜しむように、鎖骨や皮膚に執拗に舌が這わされ、歯を立てられ、くちづけを落とされた。そして。

「ああっ、あ！」

小さな胸の突起が口に含まれ、海里は一際高い声を出してしまう。

「く……っ、んん、やっ……あ！」

舌を絡められ、きつく吸われ、ジンジンと痺れるような痛みと快感に襲われる。

自分が胸を弄られてこんなふうになるとは、海里は想像もしたことがなかった。

ほとんど力の入らない両手は、必死にシーツをつかむことしかできない。

「……いい子だ、海里。もっとゆっくり愛でてやりたいが、そろそろ俺も辛くなってきた」

ようやく顔を上げてルカは言い、混乱と興奮で震えている海里のパンツのジッパーに手をかけた。

「っああ！」

ようやく窮屈な場所から解放された自身だったが、ルカの指が下着にかかると、海里は喘ぐ。

「は、早く、俺、もう」

ゴムの部分を引っ張られると、それだけでプルンと自身が飛び出してしまうほど勃ってしまっていて、海里は恥ずかしさにどうにかなりそうだった。

くっ、とルカはかすかに喉を鳴らして笑う。

「こんなに色を濃くして、可愛いやつだ」

横たわったままの海里の位置からは見えないが、履いていたグレイのボクサーパンツの中心部がすっかり濡れて、そこだけ色が変わってしまっているらしい。ルカは容赦なく下着ごと、海里の下半身から着衣を剝ぎ取ってしまった。

「あ……や……いや」

前を全開にしたシャツだけを、かろうじて身にまとっている姿にされた海里の脳裏に、一瞬わずかに理性が戻った。

——俺、これから、や、やられるのか？　この……男に。

海里は恋愛には疎かったが、女性が嫌いなわけではない。そして男性を相手にするということは、嫌悪以前に考えたこともなかった。

——嘘だ……だって無理だ、俺は、そんな。

しかしそうは思っても、ルカの目の前に晒されている自身は、完全に勃ち上がってしまっている。

「つう！　待って、俺……」

ルカは海里の足を大きく割り開くと、その間に身体を入れてくる。そして隠しようもなく晒された海里自身に、ルカは遠慮なく触れてきた。

「あ、ああっ、……っあ」

こうなるともう、再び理性は飛んでしまう。先走りでぬるぬるになっているそこを擦られると、くちゅくちゅという、粘液質のいやらしい音が響く。

「散々ねだっておきながら、なにを待てというんだ。……恥ずかしいのか」

「あっ、あ……！　は、ああ」

痛いほどに視線を感じるが、それに対する羞恥よりも、快感を求める気持ちが勝った。背を反らした海里は、無意識に腰を前に突き出すようにしてしまう。

——だ、駄目、だ。もう、我慢、できな……い。

ルカの指は下から上へと、快楽に支配された海里を追い立て、先端を指の腹で刺激してくる。

「んっ、んうう……っ」

海里は達する寸前だったが、次の刺激にビクッと身体を震わせる。

「っひ！　っあ……やあっ！」

ルカが片方の手の中指を、海里の中に挿入しようとしてきたのだ。

「待っ……、こ、怖い……」

「怖がらなくても、大丈夫だ。痛くないように、優しくする。それに……ほら、お前の中は欲しいと言っているぞ」

「ん、んう……！」

ずうっ、と強引に入ってきた指だったが、それは海里の零した先走りでぬるぬるになっている。

「あ、あ、……っ、あ、は、あっ」

喘ぐ海里の体内に、少しずつルカの長い指が入ってきた。確かにそこはルカの言うとおり、指の腹が擦る刺激を喜び、快感を伝えてくる。

「や……っ、い、い……っあ！　気持ち、いい……っ」

会ったばかりの男に指を尻に入れられて、気持ち悪いどころか、自身は痛いほどに張り詰め、今にも達しそうになってしまっている。通常であれば考えられないことだったが、今の海里はそれほどに、快感に翻弄（ほんろう）されてしまっていた。

「はああっ、あ！」

さらには体内で指が蠢き出し、前にも執拗に愛撫を加えられると、もう限界だった。

「い、いっちゃう……あああ！」

ビクッ、ビクッと腰が大きく痙攣した。自らの下腹部に、温かいものが零れるのがわかる。

「……ああ……」

他人の前で放ってしまったという羞恥と、自尊心を傷つけられた虚無感で、海里は呻くような溜め息をついたのだが。

「ひっ！　も、もう……駄目え！」

達して敏感になった内壁を、再びルカの指が抉るように動き出した。

「よすぎて苦しいか。……だが、きちんと解しておかないと、辛い思いをするのはお前だからな」

言いながらルカは指を二本に増やし、探るように動かしてくる。

そして達したはずの海里のものは、まだ硬度を失っておらず、たちまち元通りに頭をもたげてしまっていた。

つい数時間前まで、まったく普通に大学生としてアルバイトをし、明日の父親のお弁当のおかずをどうするか考えていた海里の頭は、今や熱と快楽でおかしくなりそうになっている。

自身の様子を見ようと顎を引くと、涙でぼやけた視界には、ルカの手の中ではち切れそうに膨らみ、いやらしくぬるついて震えている自分のものが入ってきた。

と、ルカの指がようやくそこから離れ、体内からもゆっくりと引き抜かれていく。

やっと終わったのか、と安心しかけたのもつかの間、海里はルカが着衣をくつろげたのを見て、ぎょっとする。

「――えっ。嘘。待っ……」

ぐっ、と押し付けられたのは、たった今見たばかりの猛り立ったものの先端だ。それを挿入されるのだ、と悟って、海里の身体は逃げるようにずり上がった。

「無理、無理だ、やめて」

海里のものより、長さも太さもずっと大きなそれをあてがわれ、身体は怯えて竦み上がっている。

その腰を、ルカはしっかりと抱え、さらに腰を進めてきた。

「入らな……――っ、あ！　いやあああ！」

悲鳴を上げる海里の中に、容赦なくルカのものが押し入ってくる。

強く内壁が擦られ、その刺激で海里のものが、再び弾けた。

ルカに深々と貫かれ、自身の先端から体液を放ちながら、海里はもう声が出ずに、喉だけが、ひゅーっ、ひゅーっ、と鳴る。

――苦しい。苦しい。助けて。

海里は思ったが、それは苦痛からではなく、初めて知った快感が強すぎて、辛かったからだ。

根本まで埋め込むと、ルカはゆっくりと身体を起こした。そして海里を見下ろしながら、満足そうに言う。

「海里……快感に身悶えるお前も、たまらなく可憐で愛らしい。初めて男を受け入れた姿も、しっかりと目に焼き付けておくぞ。……こんな快感があることさえ、お前は知らなかっただろう？　これからはこれが、お前の生活の一部になる」

声は聞こえていたが、海里の意識は朦朧としていて、意味がよくわからない。

ルカはゆっくりと身体を倒してきて、海里の顔の両側に手をついた。

「乾燥して埃臭い日向での生活など、忘れろ。血で濡れた夜と快楽の世界を、俺がお前に与えてやる」

——そんなの俺は、いらない。

海里は思ったが、それは声にならなかった。

「————ッ！」

ルカが、海里の中で動き始める。ゆるゆると浅く、次いで深く激しく求められ、海里はもう息を吸うだけで精一杯だ。

快感に耐え切れず、身体はずっと痙攣している。達してもすぐに自身が熱を持ち、恥ずかしい液でぬるぬるに濡れた先端が、ルカの硬い腹部に触れて擦れた。

もうまったく抵抗する気力も失せ、川に落ちた木の葉のように翻弄される海里を、ルカが抱き締めて囁いてくる。

「思っていたとおりだ。花峰海里。お前は……血も身体も最高に、美味だ」

感嘆するような声と共に、吐息が耳元をかすめる。

なぜこんなことになったのか。これから自分はどうなってしまうのか。

どうしようもない不安と混乱に陥りながら、海里は激しすぎる快楽に耐え切れず、いつしか意識を失ってしまったのだった。


瞼を開くとそこには、見たことのない華やかな図形の描かれた天井があった。

まだ夢の中なのだろうか、とぼんやり海里は考えて身じろぎし、隣に横たわっている美貌の青年を目にしてギクリとした。一瞬にしてすべてのことが思い出されて、顔が引きつるのを感じる。

ルカは目を閉じていたが、眠ってはいなかったらしい。

海里が起きた気配に目を開き、すいと手を伸ばしてくる。

身構えてビクッと身体を強張らせる海里だったが、ルカの手は、そっと髪を撫でてくるだけだった。

「怖がらせてしまったようだな。悪かった。……だが、苦痛なだけではなかっただろう？」

言われて海里は、なんと答えたものかと迷う。自分がねだり、何度も達してしまったことは覚えているが、だからといって、ルカの行為のすべてを受け入れたと思われるのは不本意だった。

こちらの胸の内は理解している、とでも言うように、ルカはこちらが答える前に身を起こす。

「納得がいかないという顔だが。お前も、この味を知れば、俺の気持ちがわかるはずだ。我慢など、できるはずがないと」

ルカは素肌にローブを羽織ってベッドを降り、鏡が上についている、素晴らしく凝った造りの大きなサイドボードに行くと、引き出しからなにか尖った金属製のものを取り出した。

それから台の上の、美しい細工の施された水差しから、足のついた大きなワイングラスに水を注ぐ。

まだ全身が重く、だるくてたまらない海里は、今度はなにをする気だろうと不安に思いつつも、ぼんやりとルカを眺めていた。

部屋のオイルランプは消えているが、青白い月の光が窓から差し込み、充分にルカの様子が海里には見える。以前より、目がよくなったのではないかと思うくらいだ。

ルカはサイドボードの上にグラスを置き、シャツの袖をまくると、尖った金属の細い筒のようなものを、右手で左腕の手首付近にグッと突き立てた。

痛そう、と一瞬目を背けた海里だが、ルカは慣れているのか平然としている。

腕に突き立てたその筒の片側を、蓋をするようにして指で押さえながら抜き取ると、グラスの上で傾ける。

すると透明な水の中に、すうっと血が落ちて深紅のマーブル模様を描いた。

ルカがグラスの足の部分を持って軽く揺すると、それはたちまち混ざり合い、淡いイチゴシロップのような色合いになる。

「飲んでみろ、海里。俺の血だ」

差し出されたグラスを見て、海里は当然ながら困惑する。本来なら他人の血が入った水など、口にするどころか触りたくもない。

けれど顔の近くで揺れている薄赤い液体を見るうちに、海里は説明を聞き終えた後に顔に触れてきたルカの手と同じ芳香を、再び嗅ぎ取っていた。

甘く、脳をとろけさせるような香り。いつしか海里は、無意識に液体を凝視する。ゴク、と喉が鳴った瞬間、凄まじい渇きを海里は感じていた。

まるで幾日も炎天下の砂漠を彷徨(さまよ)い歩き、ようやく透き通って冷たそうな、オアシスの泉を見つけたような感覚だ。

――こんなの……美味しいはずがない。

そう思いながらも、海里はむくっと上体を起こし、震える両手でグラスを受け取った。

ルカは強引に勧めることはせず、黙ってベッドに腰を下ろすと、じっとこちらを眺めている。

――ルカの、吸血鬼の血。これを口にしたら、俺は本当に、人間じゃなくなる気がする。

それでも全身が、飲みたいと渇望している欲求に、海里は耐え切れなくなった。慎重にグラスを唇に近づけ、少しだけ、口に含んでみる。

その瞬間海里の目が、ハッと見開かれた。これまで口にしたどんな食材より、どんな凝った料理より舌が悦び、滋養が身体に漲っていくのを感じる。早い話が凄まじく、美味しかったのだ。

――血と水のはずなのに……爽やかで甘くて、ものすごく高価な果物の果汁みたいだ。だけど薄くはなくて、搾りたての濃厚なミルクみたいな……。

んっ、んっ、と喉を鳴らして大きなグラスを傾け、はああ、と満足の溜め息をついたときには、海里はすでに液体を、すべて飲み干してしまっていた。

「……どうだ。俺の血の味は？」

ルカは言うと、空になったグラスを受け取り、サイドテーブルの上に置いた。

そして海里の濡れた唇を、ついと指の甲で拭う。

海里はそれで我に返り、口を押さえて、期待に満ちた顔をしているルカを見た。

「ま、不味くは……なかった、けど」

正直に答えるのが悔しくて、もぞもぞと答える海里に、ルカは嬉しそうな笑顔を見せる。

「素直に美味かったと言え。意地を張るお前も可愛いが」

「今のって、本当にルカの……血？」

「そうだ。ただの水と血。それ以外のものはまったく入っていない。普通の人間ならば、血生臭いだけの液体を、お前はうっとりしながら口にした。つまり、そういうことだ」

「俺は完全に、人間じゃないってことですか……？」

「さすがにもう、自覚はあるだろう？」

聞き返されて、海里は唇を噛み、うなずく。ルカにされた行為と精神的なショックで、力の入らなかった身体にさえ、血を口にしたおかげで活力が戻ってきているように思えた。

もう噛まれた傷跡も痛まないし、だるくもない。悲鳴を上げ続けたせいでひりひりしていた喉も、なんともなくなっていた。

「腹をくくれ、花峰海里」

ルカは海里の前髪をかき上げ、正面からこちらを見つめる。

「お前はもう、俺と同じこちら側の住人なんだ。新しい生を受けたと思って、その生を楽しめ」

「……まだ、無理ですよ、そんな」

「安心しろ、俺がついている」

「余計に怖いです……！」

海里は両手で顔を覆い、俯（うつむ）いた。

「俺は、普通に……本当に平凡に暮らしていたんだ。あなたとは違う。どうやってこの先、暮らしていけばいいのか……夜しか活動できないんですよね？」

「大丈夫だ。遮光布で作ったマントに、手袋とサングラスとマスクをするならば、絶対に外出できないということはない」

その姿を想像して、海里は悄然（しょうぜん）とする。

「怪しすぎて、そんな格好できません。コンビニとか、入った途端に通報されそう」

「防護を完全にして車に乗れば、遠出もできるぞ。……俺の仲間には、そうしたことをするものもいる。俺はあまり、外の世界に興味はないが」

ルカの言葉を、海里は意外に感じた。

「どうしてですか。昔はお金儲けにも興味があって、稼いでいたんでしょう？」

飽きた、というのが、ルカの簡潔明瞭（かんけつめいりょう）な返事だった。

「禁酒法時代に、組織で商売をやっていたと言っただろう。この国に来てからも合わせると、八十年以上も裏の世界で暗躍していたことになる。さすがにここ二十年ばかりは、商売への興味は失せた。第一いくら稼いでも、大した使い道がない」

説明を聞くと、それもそうかと海里は納得する。

なにしろ仲間の血液があれば、それだけでルカは永遠に生きていけるのだ。

「だけどそれじゃ、なにを目的にルカは……俺は、生きていけばいいんですか」

これからの、気が遠くなるほど長くなりそうな人生を想って、海里は問う。するとルカはごくあっさりと、当然のことのように言う。

「この屋敷で、俺の傍（そば）で暮らせばいい。暇なら掃除でもなんでもしてくれ。俺は面倒だからやらないが、たまに来る仲間たちに、少しは埃をなんとかしろと言われている」

「え。……ここで、あなたと、ですか」

「なにか問題があるか。俺と暮らせば、大抵の問題は解消するはずだ」

「もっと問題が大きくなる気しかしません……」

「気がするだけだ。実際どうかは、暮らしてみないとわからないだろうが」

「首に噛みつかれて、わけのわからないまま突っ込まれたのに、気がするだけなわけないじゃないですか」

「それは過去の話だ。俺は未来の話をしている」

「過去と未来が繋がってるって、知ってますか」

確かにいろいろ教えてもらったし、今後生きていくことを考えれば、血液を吸われるということも、血の味を知るということも、必要だったのだとは思う。

強引に身体を奪われたとはいえ、こちらから請い、感じまくってしまったのも事実だ。

さらに海里は、最初に会ったときから時折、昔からルカを知っていたような、懐かしさを感じることがある。そのせいか、ルカにされたことのわりには、恐怖や嫌悪感は薄い。

――でも、またこんなことになったら、恥ずかしい。事態に、まだ頭がついて行かないし。

どうすべきかしばらく考えた海里だったが、結論としては、すぐには返事ができないとルカに告げた。

「まあ、ゆっくり考えればいい。俺たちの時間は、果てしないほどいくらでもある。……それにお前は間違いなく、ここに戻って来る。俺はそう信じているぞ」

なぜかルカは確信に満ちた声で言い、不敵な笑みを見せる。

――この人が笑うと、なんだか怖い。

海里はいっそう不安を募らせたが、ルカの血液のおかげなのか、体調はすっかりよくなっていた。

そのまま朝日が昇る前にと屋敷を出て、ルカに自宅近くまで送ってもらったのだった。

帰宅した海里が壁の時計を見ると、時刻は朝の四時過ぎだった。幸い、父親はまだ居間で寝ていて、海里が外出していたことには気が付いていないらしい。

心配させなくてよかった、と思いながら、海里はキッチンでいつものように、父親の朝食とお弁当を作り始める。

いつもは六時に起きるからまだ時間は早いが、今から眠ったら起きられなくなりそうだと思ったのだ。

まずは米を研いで炊飯器にセットし、冷蔵庫の中の食材をチェックする。玉子焼きと、ホウレンソウとキノコとベーコンの炒め物、それに朝ごはん用の焼き魚の切り身を一部使用することにした。

朝食の味噌汁のために鍋に湯を沸かし、こちらは豆腐と油揚げを刻んで入れる。

くつくつと湯の沸く音と、炊飯器がポコポコ、シュー、と音を立てるのを聞くうちに、海里は気持ちが落ち着いてくるのを感じた。

なんだかすっかり、馴染んだ日常に戻って来たという気がしたのだ。

けれど卵を割って小さなボールで溶き、塩と砂糖を少し入れて味見をしようとしたとき、そこで海里はギクッとする。

「……そうだ、俺。……もう、人の食べ物の味が、わからないんだった……」

そう実感したとき、初めて海里の目に恐怖や不安からではない涙が滲んだ。

朝食を食べ、朝日の中を通勤通学するという、ごく普通の、当たり前に繰り返してきた穏やかな日常を失ってしまったのだと実感し、たまらなく切なくなってしまったからだ。

――別に、好きで家事をやってたわけじゃない。母さんがいないから、仕方なくのはずだった。特別、大学が楽しかったわけでもない。でも、これが俺にとっての平凡だけど平和な日常だったんだ。何度も味見して納得するまで試行錯誤して料理を作って、お日様の下で洗剤のいい匂いのする洗濯物を干して。俺はそんなことをして毎日を送るごく普通の……人間でいたかった。

考えるほどに、ツンと鼻の奥が痛くなってくる。と、ふいに背後で足音がした。次いで、眠そうな声がかけられる。

「……海里。こんな早くにどうしたんだ。眠れなかったのか」

いつの間にか起きてきた里史が、心配そうに言う。海里は慌てて目元をシャツの袖で拭き、できるだけ平静な表情を作って振り返った。

「あ、うん。さすがに、考えることが多かったからね。だけど、昼は外に出れないってことは、これから夜まで眠れるわけだし。今のうちに、父さんの朝食とお弁当を作ろうと思って」

「そうか。お前は昼夜逆転の生活になるんだったな。……すまないな、こんなときまで。無理しなくていいんだぞ」

里史は言いながら、キッチンテーブルの椅子に座る。

「父さんこそ、まだ早いんだからちゃんと布団で寝なよ。でもそうだ。ちょっとこれ、味見してくれるかな」

海里は卵をかき混ぜた菜箸とボールを、里史に渡した。

「うん……大丈夫だと思う」

「よかった。これからは、味付けに自信がなくなっちゃったから、なんでも薄味に作るよ。それで父さんが、塩とか醤油をかけて調節するようにして」

笑顔で海里は言い、再び玉子焼き作りにとりかかる。けれど里史の声は、やはりまだどこか心配そうだ。

「なあ、海里。父さん、今日は有給をとってもいい。お前もなにかと不安だろう？」

「だーいじょうぶ。大学は無理だけど、バイトでもしようかと思ってるし」

言いながら海里は、ルカの言葉を思い出す。

「父さんが寝てる間に、ネットで調べたんだけど、この近くで、家事のバイトを募集してるとこがあったんだ。夜間から明け方にかけてだから、いいかなって」

「夜間の家事？　子守りでもするのか？」

「なんかお金はあるけど、面倒くさがりの人みたい。昼も寝ているみたいだから」

「ほう。もしかして、自分で身の回りのことができなくなっているお年寄りか？」

「そうそう、そんな感じ。頭はしっかりしてるけどかなりの高齢で、大きな家の維持が大変みたい。……でも介護まではいかないから、俺にもできそう」

それならいいかもしれん、と里史はようやく、安心したように言う。

「しかし、もう少し様子を見てよく考えてからにしなさい。今の身体に慣れてからがいいぞ。うっかり帰りが遅くなって朝日に当たったりしたら、取り返しがつかないからな」

「わかった。慎重に考えてみるよ」

父さんごめん、と海里は心の中で謝りはしたものの、嘘はついていないからまあいいや、と自分を納得させた。

男性である吸血鬼のルカに身体をいいようにされ、血を吸われ、その血を飲ませてもらったとは、この心配性の父親には、とてもではないが話す気になれなかった。


ルカに血を吸われた日から、数日が経過した。海里は毎日のように、自分の今後についてや種族の体質についてなど、様々なことを思い悩んでいる。

里史には平気な顔を装っているのだが、会社へ行くのを見送った後は、いつも深い溜め息をついてしまう。

まだ、ルカのもとで暮らすという決心はついていない。家中の窓は、日中も常にカーテンを閉め切っていて、トイレや風呂場の窓も日差しが入らないように塞いでいる。

この日も同様に、窓の部分を銀紙で塞いだキッチンで、海里は父親の朝食で使った皿を洗ってから、ベッドに入って眠った。

そして日暮れに起きると、今度は里史の夕飯の食材の買い物に行く支度を始める。

自分が人間ではないことに苦悩しつつも、こんな毎日の繰り返しであれば、平穏に暮らしていけるような気もした。

けれどそうやって必死に保とうとしている心の平和を、簡単に脅(おびや)かしてくるものがいる。

「今日はどこへ行く、花峰海里」

近隣の町のスーパーマーケットへと急ぐ海里に声をかけてきたのは、ダークスーツに身を包んだルカだった。

「びっくりした。ど、どこって、買い物です。父さんの夜と朝の食事用の」

「まとめて買って、冷凍庫にでも入れておけばいいだろうが」

「なんでも冷凍ってわけにはいかないですよ。それに身体を動かしていたほうが、無駄な考え事をしなくて済んでいいんです。……ルカこそ、なんでここにいるんですか」

「お前の様子を見に来たに決まっているだろう。なぜ俺の屋敷に来ない」

「なぜって、俺はこうやって父親の食事を作ったりしなきゃならないですし、掃除も洗濯もしてますし、結構忙しいんです」

「父親が眠った後なら時間があるじゃないか」

「いえ。読書したり、ゲームしたりしてます」

歩きながら言う海里に、ルカはどうだかというように肩を竦める。

「嘘をつけ。本を広げたもののろくに読まず、溜め息ばかりついて、ただぼんやりしていることが多いじゃないか。俺はそんなお前を見ているのが辛い」

えっ、と海里は目を丸くしてルカを見る。

「なんでそれを！」

「昨日だって、膝を抱えて座って、うじうじと悩んでいるように見えたぞ。可哀想やら可愛いやらで、俺は胸が締め付けられてたまらなかった。寂しいのなら、俺の屋敷で話でもすればいい」

「昨日って……」

あまりに具体的なことを言われ、海里は思わず足を止めた。

「な、なんでそこまで知ってるんです。もしかして、窓から見てたんですか？」

「大事なものが仕舞ってある場所に隙間ができていたら、見るのは当然だろうが。そもそもお前の部屋のカーテンは薄いから、夜はほぼ透けているぞ。遮光のものに替えたほうがいい」

悪びれずにルカは言うが、海里にはとても賛同できない。

「それって覗きじゃないですか！　犯罪ですよ」

「鬼が吸血鬼に覗かれたと、警察に通報する図か。意味があるようには思えないが」

皮肉っぽく笑ってルカは言い、歩き出した。

「どうした、買い物に行くんだろう」

「……ひょっとして、ついてくる気ですか？」

「もちろん。これまでは後ろから見ていることしかできなかったが、今後は一緒に出掛けられるな、海里」

上機嫌で言われて海里は、ようやく事態を察する。

「も、もしかして。ずっと俺の様子をうかがって、尾行したりとか……してました？」

ルカは振り向き、あっさりうなずく。

「なにか問題でもあるか」

「問題って！　な、なんで、俺につきまとうんです！　また血を吸うつもりなんですか？」

「それはそうだ。言っただろうが。俺にとってお前は大事な宝物で、最高の美味だと」

海里は呆然として、ルカを眺める。どうやら自分はシャチに目をつけられた、泳ぎのヘタなペンギンのようなものらしい。

「冗談じゃないですよ！　俺はこの先ずっとあなたの食料になるなんて、了承してないです！」

急ぎ足で歩き出した海里に、なおもルカはついてくる。

「どこに不都合がある。お前にも俺が必要なはずだぞ」

「そんなことないです！　確かにあなたの血は、その……お、美味しかったですけど……」

「よく聞こえなかった。もう一度言ってくれ」

「そんなことないです」

「そこじゃない、その後だ」

「あ……あなたの血は。えっと。そこそこ、不味くはなかったですけど」

「改変しただろう！　もう一度だ」

「だ、だから、美味しくない、こともないというか……」

話すうちに海里の声は小さくなっていく。

バス停が近づいてきて、並んでいる人たちがいたからだ。

海里が住んでいる地域は、住宅とマンションこそ多いものの、大型のスーパーマーケットに行くには、バスに乗らないとかなり時間がかかる。

間もなくバスがやって来て乗り込むと、海里はもう無言になった。

二人掛けの座席に、当たり前のような顔をしてルカが隣に座ってきたのだが、案の定、ものすごく目立つ。

ただでさえ乗り合わせた乗客たちが、ルカの美貌に目を奪われているというのに、血を吸われた話をするわけにはいかない。

代わりに海里は横目でルカを見ながら、小声で愚痴（ぐち）る。

「バスを降りたら、帰ってくださいよもう。見ていたなら、本当に俺は結構忙しいってわかるはずです」

「掃除に洗濯か。しかし、あの居間にコードを渡して洗濯ものを干すのは、無理があると思うぞ。特に布団カバーのような大きなものは」

「そんなところまで見てたんですか！」

「先日、俺の屋敷に来たときに言っただろう。俺はお前のことを知っている。お前も俺のことを知れと」

「俺があなたの屋敷を覗いてもいいんですか？　不愉快でしょう？」

「いくらでも覗いていいが、できれば玄関から入れ。歓迎する」

「あなたもせめて、玄関から来てくださいよ！　ストーカーみたいで怖いじゃないですか！」

「ストーカーとは心外だな。見守っているんだぞ」

「見守るって、そんな勝手な……」

「守護者と書いて、ガーディアンと呼んでくれ」

――多分もう、この人にはなにを言っても無駄だ。

海里はがっくりと肩を落とし、降車を知らせるボタンを押して、バスを降りる。

そうして結局その日は、追い返すことをあきらめたルカと、仕方なく一緒にスーパーマーケットで買い物をするはめに陥った。

スーパーに到着すると、意外にもルカは勝手知ったる様子で、さっさとカートにかごを入れ、海里に渡してくる。

「なんか慣れてませんか？　この店内でルカって、ものすごく浮いて見えるんですけど」

「何度も見ていれば、嫌でも覚える」

それはやはり、海里の買い物を背後から尾行していたということだろう。

「……よくお店の人に不審者と思われて、通報されませんでしたね」

「一応、商品は買っていたからな。蝋燭だの、石鹸だの。俺にも必要なものはある」

なるほど、と海里は納得したが、それにしてもルカはやはり、注目を集めている。

女性の店員同士が頬を赤くして、来たわよとでも言うように肘でつつき合ってルカをちらちら見ている様子からして、すでにこの店では有名人なのかもしれない。

「俺は全然、気が付かなかったのに……」

思わずつぶやくと、それはそうだとルカはうなずく。

「お前の尾行に関してはプロだ。なにしろ、二十年近く続けてきたことだからな。どの程度の距離なら気付かれないか、どのコーナーなら死角になるか、わかった上での尾行だ」

「俺がいつか鬼になるかもしれないと思って……ですか？」

「ああ。酔っ払いに絡まれることがきっかけになるとは想定外だったがな。だから海里。俺はお前が、レジの順番を菓子を握った子供に譲ったり、年寄りの落とした小銭を拾ってやったり、誰かが落とした商品を元の棚に戻すところもすべて見ている。……随分と優しい鬼もいたものだと、そう思っていた」

「別にそんなの、普通です。父さんもそうするだろうし……」

そんなことまで見られ、なおかつ記憶されているのかと呆れつつも、海里は少し照れくさくなる。そしてふと、思いついてルカに尋ねる。

「ルカもやっぱり、人の食材を食べても、味がしないんですか？」

「ああ。昔のことすぎて、忘れかけているくらいだがな。それでもたまに、飯を食っている夢を見ることがある」

「夢で？　味はしましたか？」

「した。チーズとトマトの味がはっきりとわかった。懐かしくもあったし、なんというか……寂しさのようなものもある」

「やっぱり……そうですよね」

二度と料理を味わえない、という苦悩。そしてたとえ父親といえども人間には、この気持ちに共感してもらえないという悲しさが、海里にはあった。

――でもこの人になら、わかってもらえる。悩みを相談できるのも、共感してもらえるのも……俺にはもう、ルカしかいないんだ。

そう思うと、いかにストーカーとはいえ、邪険に突き放す気にはなれなかった。

以来、ルカは頻繁に海里の前に姿を現すようになった。窓を叩くこともあるし、ガラス越しに声をかけられたりもした。

最初は驚いたり狼狽えたりしていた海里だったが、だんだんとそんなルカの行動に慣れてきてしまっていた。

自分は人間ではなく、他人の血を必要とする鬼であると観念し始めたせいもある。

それでもルカの招きに応じなかったのは、男と身体を繋げる行為に、抵抗があったからだ。

――せめてどっちかが女だったら、ここまで悩まなかったかもしれない。俺は男相手の恋愛なんて、考えたこともなかったし、あんな強引にセックスなんかしてこなかったら……そうしたらこっちも積極的に、友達として距離を縮めたい、って考えたかもしれないのに。

海里の性に対する感覚は、これまでとても淡白なものだった。年齢のわりには恋愛への関心が薄く、彼女ができるときはできるだろうし、できないなら仕方ない、くらいのスタンスだ。

――いきなり初めてで、あんなことされて。……そりゃ、気持ち悪くないっていうか、よ、よかった、けど。でも俺が抱かれる側っていうのが、当たり前みたいなのは納得いかない……。

そんなふうに、ルカとの奇妙な関係を悩みながら一か月ほど経ったある日の夜。

里史が眠った後、海里は自室のカーテンを開けてみた。そこにはただ、静かで平和な夜の闇が広がっている。

ここ数日、ルカの気配は海里の周囲から完全に消えていたのだ。

──ルカ、どうしたんだろう。体調を崩すってことはないはずだよな。

唇を噛んで、海里は両手で腹部を押さえる。きゅるる、と小さくお腹が鳴る音がした。

先日、奥多摩に住むという親戚から送られてきた小包には、里史が話していた乾燥血液が入っていた。

里史が手紙で海里の事情を説明したところ、近いうちに海里を交えて話し合いの場を持つつもりだが、ともかく食料をということで集めてくれたらしい。

乾燥血液は、言葉通り血液を乾かして固め、板状にしたものだ。一族の協力で集めた血液らしい。一見、薄い板チョコのようにも見えるのだが、口にすると薄いヨーグルトといった味で、咀嚼(そしゃく)すると口の中がネバネバになった。飲み込めないほど不味くはないが、喜んで口にしたいものでもない。

その点、と海里は思わず喉を鳴らして、ルカの血の味を思い浮かべる。

──美味しかった。あれがまた味わえるなら、一生他になにも食べられなくてもいいと思うくらいに。

ルカの血を垂らした、赤く透き通ったストロベリークォーツのような液体を思い出しつつ、さらに一時間ばかり、海里は窓の外を見つめ続ける。が、やはりルカは姿を現さない。

──もう来ないつもりなのか。それとも明日は来るのかな。

海里は初めて、ルカに付きまとわれていないことに、不安を覚えていた。

今となっては、あんな美青年と並んでスーパーマーケットに行ったのだと思うと、夢でも見ていたような気がしてくる。

——ちょっと前まで、どこにでも出没したのに。もしかして、俺があんまり呆れたようなことを言ったり、帰れって拒絶するから怒ったのか？　嫌われた、とか……。

その言葉が浮かんだ瞬間、ずきん、と胸に鈍い痛みを感じた。あれ？　と海里は首を傾げる。

——なんだ、俺。まさか、寂しいなんて思ってるのか？　き……嫌われたって別に、困ることなんかないじゃないか。

海里は焦って、傾げていた首をブンブンと横に振る。

きゅるるる、と再びお腹が鳴った。あの素晴らしい味が、口の中に広がるような錯覚を覚える。

——そうか。多分、あの味が恋しいのかもしれない。そうだよな。だって俺の恋愛対象は、女の子のはずだから。

そう思い込もうとする海里だったが、最近は目を閉じるとあの精悍な美貌が、瞼の裏にちらつくようになっている。

——ま、まあ……ある意味、人でなくなった新しい人生に、俺を導いてくれる人だとは思う。だからいなくなったら困るんだ。でも、こっちから訪ねていったら、また血を吸われるかもしれない。それでまた、ああいう……ことになるかもしれないけど。だけど……。

海里はカーテンを閉め、蹲って頭を抱えたが、そのときふと思いついたことがある。

「そうだ！　俺がルカに嚙みついて血を吸う、っていう方法もあるじゃないか」

　そうしたら、催淫作用で海里がメロメロになって、一方的にルカに抱かれるということにはならないはずだ。

　よし、とこれまでの鬱屈を吹っ切るように言うと立ち上がり、海里はメモ帳を一枚千切って、ペンを走らせた。居間に行き、里史がすぐに気が付くように、座卓の真ん中に千切ったメモを置く。

　そこには、『この前話したアルバイト、連絡が来て採用されました。日が昇る前には帰ります』と記してある。

　薄手のダウンジャケットを羽織った海里は、曇って月も出ていない夜の道に出た。

　そして後ろを振り返ることなく、ルカの屋敷に向かって駆け出したのだった。


「お前のほうから訪ねてきてくれたのか、海里！　よく来てくれた、歓迎するぞ」

　重厚な扉をノックすると、ルカは黙っていると整ってはいるが陰のある顔に、晴れやかな明るい笑顔を浮かべて、すぐさま屋敷内に迎え入れてくれた。

　相変わらず古い邸内はどこかひんやりとして薄暗く、かすかにカビのような匂いがする。

「あ……あの。あんなに拒んでおいて訪ねてくるなんて、自分勝手だな、とは思うんですけど。つまり、どうしても……あなたの、血の味が……忘れられなくて」

自分から抱かれに来たとは思われたくなくて、しどろもどろに釈明する海里だったが、ルカはまったく気にしていないようだった。

「当然、いずれはそうなると思っていた。……こっちだ、海里」

――なんだ。別に嫌われてたわけじゃなかったんだ。

あんなに悶々としたのに、と海里はなんとなく拍子抜けしたような、ホッとした気分になった。

ルカは小さなランプを手に階段を上り、海里がついてくるのを確認するように時折振り向きながら、長い廊下を歩いていく。

「まだ鬼としての生に慣れなくとも無理はないが、美味い血に対する執着は、血液しか食料として受け入れられない種族の業のようなものだからな。我慢し続けるのは無理だ」

そんなことより、とルカは寝室でも居間でもない一室の、扉を開く。

「これを見てくれ！　数日かけてコレクションルームを整理していたんだ。お前にも見せたかったし、少しずつでも片付けをしようと思ってな」

「……はい？」

「俺は部屋など散らかろうが汚れようが、気にしないたちなんだが。お前に居心地がよいと感じてもらい、ゆっくり滞在してもらうためには、多少は綺麗にせねばと考えるようになった。……どうだ。見事だろう」

燭台の明かりに照らされた、大きな壁。それを目にした海里は、呆然として、突っ立ってしまった。

広々とした壁の中央には、大きな鏡があるのだが、その左右には大小様々な大きさの額縁が、これでもかというくらいにぎっしりと飾られている。そして額縁の中に入っていたのは、幼いころから現在までの、あらゆる年代の海里の姿だったのだ。

望遠レンズで撮影したのか、アップもあるし、かなり遠方からの背景が入っている写真もある。

「なっ、なんですか、これ。盗撮……？」

ふふん、とルカは誇らしげに胸を張る。

「よく撮れているだろう。欲しいものがあったら、焼き増ししてやる。現像も俺がしているからな」

「す……すごすぎる……！」

そのあまりの迫力に、引いたり怒ったりするより先に、海里は圧倒されてしまっていた。

写真は手前に飾ってあるものほど新しく、奥に行くほど過去のものになっているようだ。

「見ろ。このパネルは、お前が初めて立って歩いたときのものだ。愛らしいだろう。それから、この金色の額縁は、それぞれお前の入学式の日シリーズだ。最初のものは幼稚園、続いて小中高、そしてこれが大学。銀色のほうは卒業式の夜だ。お前の家では、祝い事があるとすき焼きなんだな」

あまりのことに言葉も出ず、海里はまじまじと写真を眺めてしまう。確かに、記憶のある

場面の写真もある。

「わっ。もしかして、これって」

海里が示した写真は、大きな日本家屋風の、旅館の廊下で立ち竦んでいる、自分の後ろ姿だった。

「確か、長野だったな。この日のお前は、楽しそうだった。夜も随分と遅くまで起きていただろう。覚えているか？」

それは海里が中学生のころの、修学旅行のワンシーンだった。

「覚えてますよ！　俺、眠れなくて、トイレに行ったんだけど、なんだか誰かに見られているような気がして、すごく怖くなっちゃって」

抗議する口調の海里に、ふふ、とルカは、白い喉を鳴らして小さく笑う。

「そのとおりだ。俺が見ていた」

「本当に見てたんですか！」

吸血鬼にこっそり見つめられていたら、怖いに決まっている。あのときの、背筋に悪寒が走るような気味の悪さの原因はこれだったのか、と海里は思いながら、別の一枚に目を留めた。

「こっちは……わかった、秋祭りだ。まだ友達と行くようになる前の……父さんと行ったときの」

皮肉にもその海里は、鬼を模したキャラクターのお面をかぶり、屈託なく笑っていた。なにも知らない幼かったころの自分を見て、切なくなった海里だったが、ルカの精悍な顔は嬉しそうに緩んでいる。

「鬼の面で喜ぶ小鬼だ。いいシャッターチャンスだと思ったのを覚えている。よく撮れているし、この海里は特に可愛い。俺の自信作の一つだ」

「勝手に盗撮して、自信作って。いくら吸血鬼だって、やっていいことと悪いことがありますよ」

　ぶうぶうと文句を言う海里を、ルカは不思議そうに見た。

「なぜ怒る。着替え中だったり、入浴中だったり、恥ずかしい写真ならともかく、ほのぼのとしたワンシーンじゃないか」

「そういう問題じゃないです！　ルカだって、昔は人間だったんでしょ？　自分の子供のころのことを、他人にこうして写真に撮られたら嫌じゃないですか？」

「どうかな。……まあ、時と場合によるが」

　そう答えたルカの、それまで明るかった表情が、ふっと曇ったのを海里は感じた。

　ルカは、秋祭りではしゃぐ海里の写真をじっと見つめながら、淡々と話し出す。

「俺がガキだった時代は、今の日本とはまるで違うからな」

「あ。ええと、アメリカ……じゃなくて、イタリアでしたっけ」

「そうだ。それも特に貧しい地域だ。常に飢えていたし、明日どうなるのかわからなかった。それで活路を見出すために、親父は移民となることを決意したんだが……アメリカに渡る移民船は嵐にあって航路を外れ、乗船していた半分以上の人間が死んだ。あるものは溺れ、あるものは飢え渇いてな。俺の親も、祖父母も目の前で死んだ」

それでは残されたルカは、孤児として異国の地で生きてきたのだろうか、と海里は驚く。

特に感慨にふける様子もない表情で、ルカは続けた。

「アメリカに渡ってからは、盗みも殺しもなんでもやった。ボスに拾われてギャングになってからは、生き残っていた兄弟たちが抗争で殺された。……窓に吊るされた弟の遺体は、今も夢に見る」

なんでもないことのように話すルカだったが、内容のあまりの凄惨さに、海里は相槌をうつことすらできない。

「思い出したくないことばかりだから、あのころの自分の写真なんぞ見たくもないが。……お前の楽しそうな人生の瞬間だったら、俺は何度見ても飽きない。いつまででも見ていたいくらいだ」

写真からこちらに移したルカの目を見た瞬間、海里の胸がドクンと弾んだ。

――この人は……俺みたいに平凡だけど穏やかな日常を、まったく知らないのかもしれない。人間だったときから厳しい、苦しい、残酷な暮らしを余儀なくされて生きてきて、今度は人でない生き物になって……それって、辛すぎないか？

思わず海里は自分の心が、ぐらりと揺らぐのを感じたのだが。

「……あっ！　とか言ってこの写真、うちの風呂場じゃないですか！」

目に入った一枚を指差して叫ぶと、ルカはしれっと答えた。

「恥ずかしい写真が、ないとは言っていない」

「こっちのなんか、着替えてるとこをズームしてるし！」

「本当は、学校の更衣室や海でのお前も撮影したかったんだがな。監視が厳しくて、難しかった。プールの授業はどうしても撮影したくて、遮光マントに目出し帽でカメラを構えて行ったこともあったんだが。生意気な警備員に警察を呼ばれたので、厄介なことになる前に、逃げるしかなかった」

「……捕まればよかったのに」

ぼそっ、とつぶやいた海里は、ふとあることに思い至り、口元を押さえる。

「あの。ま、まさか、とは思いますけど」

なんだ、と平然と言うルカに、やはり黙っていようかとつぐんだ口を、海里はためらいつつもう一度開く。

「つまり、俺の家をずっと、覗いてて。恥ずかしいとこも、写真に撮ってる、っていうことは。俺が……その、身体が成長して大人になってきて。ちょっとエッチな画像を見たり、なんてとこも見てたのかな、なんて」

最悪の答えを予測して、顔を引きつらせながら言う海里に、ルカはあっさり言い放った。

「お前がエロいことを覚えてからは、一段と撮影が楽しくなったぞ。それはシークレットシリーズとしてあっちのピンクのアルバムに」

視線を誘導するように、ルカは部屋の奥を指し示す。海里は咄嗟に顔を背けた。

「それはせめて見えないとこに隠してください！　っていうか、できれば燃やして！」

顔から火が噴き出るように感じながら、悲鳴のような声で海里は訴える。

「なぜ。どうせ見るのは俺だけだぞ」

「見なくていいですって、ルカの感覚はおかしいですよ本当に！」

「おかしいんじゃない。お前がまだわかっていないんだ」

ルカは手を伸ばし、ゆでダコのようになっているであろう、海里の顎をとらえる。

「お前は俺にとって、世界で唯一価値のあるものだ。お前のすべてを見ていたい。お前の全部が欲しい」

それではまるで、恋の告白ではないか。

——違う、きっとそんなのじゃない。この人は、普通じゃないんだ。吸血鬼で、ストーカーで、俺の血を飲みたがってる。

そう思うのに、完璧なまでに整ったルカの双眸から、海里は目を逸らせなくなっていた。

薄赤い紅茶のような瞳は、非人間的だが幻想的で、美しいと思ってしまう。

この人の血が吸いたい、と海里は思ったが、見つめられ、魅入られたようになって、うっとりとなってしまった。

くちづけをするように、ルカの顔が近づいてくる。その綺麗な形の薄い唇から、二本の細い牙がちらりと見えたと思った、瞬間。

「――ッ！」

再びズズッ、と頸動脈に、針が食い込むような痛みを海里は感じた。

「い……っ！　は、あっ……！」

ルカは長い両腕を、しっかりと海里の背と頭の後ろに回して拘束してくる。

海里は両手でその身体を押し返そうとするが、その両手ごと抱き締められてしまう。

――まただ……痛くて、熱くて、だんだんと頭がぼうっとしてくる……。

耳のすぐ下で血液をすすられ、舐め取られる音と、その味に歓喜しているらしいルカの息遣いが聞こえてくる。

「う、う……っ」

突き立てられていた牙を抜かれるとき、またも鋭い痛みが走る。緊張に硬くなった海里の首筋に、なおもルカは舌を這わせ、そのまま耳朶に唇で触れてきた。

「やはりお前は最高だ、海里。長年成長を見守った若木が、宝石のように美しく甘露のしたたる実をつけてくれた、そんな気分だ」

誉められているのだろうが、望んでそんな対象になったわけではない海里は、ただぐったりとルカに身を任せるしかない。

血を吸われたあとはとてもだるくて力が入らない上に、ずくずくと、下腹部が疼くように熱を持ち始めるからだ。

「ル……ルカ。俺……」

蚊の鳴くような声で言い、ルカの腕の中で海里は身悶える。すでに海里のものは熱を持ち、辛いほどに硬くなってしまっていたからだ。

ルカはわかっているというように、ゆっくりと海里のシャツのボタンを外し始める。そうする間にも、別の生き物のような舌の先が海里の喉を這い、くちづけを落としていく。

はあはあと、だんだん海里の呼吸は速くなっていき、それに合わせるようにして心臓の鼓動も速くなっていった。

——またこの前みたいになっちゃうのかな。熱くて、苦しくて、ものすごく恥ずかしくて……ものすごく、気持ちよかった。

「っあ、んん……っ」

思い返すうちに、ますます身体が熱を持ってきて、わずかなルカの動きに、海里は甘い声を出してしまう。

ザーッ、とその耳に、なにか大きな音が聞こえてきた。雨だ、とぽつりとルカがつぶやく。どうやら外は、土砂降りの雨になっているらしい。曇った窓ガラスを、雨が激しく叩いた。けれど海里は、それどころではない。ルカの器用な指で、すでに上半身は脱がされ、下半身も膝の部分に着衣がたぐまっている状態だ。

「やっ、やだ、俺」

ルカは密着したまま身体を前に倒してきて、片方の腕でこちらの背を支え、もう片方の腕を腰から下に滑らすようにして、海里の足から着衣と靴を脱がせてしまう。

カッ、と室内が一瞬明るくなったと思ったら、ドーンという雷鳴が辺りに響いた。

外は嵐になっているのだろう。古い建具の隙間から風が吹き込んだのか、蝋燭の明かりが消え、時折雷だけが、部屋の中を明るくする。異様な雰囲気の中、ルカは立ったまま海里の肌を、いいように貪った。

「は、あっ、ああっ」

胸の突起を、痛いほどにきつく吸ったと思うと、優しく舌先で舐め上げてくる。もう片方の突起は指で刺激し、そちらも苛めるほどに強く弄った後、羽が触れるような繊細な動きで愛撫してきた。

「だ……めっ、あっ、やぁ……んっ」

羞恥から、口では抗いの言葉を口にする海里だったが、身体は決して拒んではいない。その証拠に、海里のものはそれだけの愛撫で、達しそうなほどに屹立してしまっている。

震えるほどの快感を覚えながら、頭のどこかで海里は、やっぱり、と再び思う。

――この人の、手のひらの感触。ひんやりとした体温。この前も、思ったんだ。なぜだか、とても安心する……。遠い昔に、誰かが、確かにこんなふうに……俺に触れた。

けれど、どうしても思い出せない。あるいは、ただなんとなくそんな気がするだけで、錯覚なのかもしれない。

全裸にされてしまった海里の身体を、ルカは手のひらで味わうようにくまなく撫でさすり、少しでも敏感な反応を見せた部分を丹念に刺激し、そのたびに唇からは甘い声が出てしまう。

「はあっ、は……っ、も、もう、俺」

一番触れて欲しい場所に刺激をくれないルカに、海里は焦れて身体を震わせる。

——こんなこと、嫌なはずなのに。もっともっと、して欲しい。してくれないと、おかしくなっちゃう。

ルカの指がわずかに動くたびに、ぴくんぴくんと腰が跳ね、息は荒くなり、心臓が大きく跳ねた。

「あうっ、んんっ！」

胸の突起がルカの唇に含まれ、そうしながらようやく器用な指が、海里のものに触れてくる。

待ちかねていたというように、海里は快感に身を委ね、そしてルカの指先がぬるついた先端をくるくると撫で回すと、ひっ、と小さく悲鳴を上げた。

「あっ、ああっ！　もうっ、で、出ちゃう、から……ッ！」

喘ぐように言って背中を反らすと、びくびくと腰が跳ねた。

パタタッ、と放ったものが床に零れ落ちる音がする。

達して脱力した海里の足には、ほとんど力が入らなかったのだが、ルカは抱えるようにして、部屋の中央まで移動する。

そしてぐったりとしている海里を、背後から抱きかかえるようにして、耳元で囁いた。

「海里。目を開けて、よく見てみろ」

「え……？」

うっすらと瞼を開いた海里の目の前に、ぼんやりと誰かが立っているような、白い影が見えた。次の瞬間。

カッ、と稲光が室内を照らし、海里はそれが大きな鏡に映っている、淫らな自分の姿だとわかった。

「やだっ……はっ、恥ずかしい、から。こんな」

身じろぐ海里だったが、ルカは背後からの拘束を許してくれない。

「なぜ恥ずかしがる。綺麗だ、とても」

ピシャーン！　と近くに雷が落ちる音がした。だがすぐまた、ピカッ、と室内が青白い、眩しすぎる光に照らされる。

ゴロゴロと雷鳴が轟（とどろ）き、フラッシュがたかれたように室内は光に包まれ、そのたびに白い、海里の淫らな姿が目の前に現れた。

鏡にも立派な額装が施されているため、こうしていると今の自分の姿もまた、ルカのコレクションの一部のように思えてくる。

実際、ルカはそのつもりでいるようだった。

「……やっと、俺の長年の願いが叶った……過去のお前も、今この瞬間のお前も、俺のものだ。こうして並べて飾りたいと、ずっと思っていたんだ」

――やっぱりこの人、おかしい。俺は、少し前までごく普通の、どこにでもいる、平凡な人間だったはずなのに。

　だが目の前の鏡の中の自分は、男に牙を突き立てられて血を吸われ、その催淫作用によって性欲を昂らせ、その男の指先ひとつで身悶え、喘いでいる。

　そんな海里の心の内がわかっているのか、勝ち誇ったようにルカは耳元で囁いた。

「観念して俺のものになれ、海里。これからのお前は夜と闇、血と快楽の世界の住人だ」

「いっ、や……あ、ああ」

　放ったものをまとったルカの指が、すぐさま後ろの窄みに滑り込んでくる。

　ぬるついた指は、快感に弛緩した海里の中に、難なく入り込んできた。

「んうっ！　ん、あ、あっ！」

　催淫作用のせいなのか、異物感はほんのわずかで、すぐにそれは快感へと変わる。

「ああ……っ、は、あ……」

　身体を支えられながら、前と後ろを同時に弄られ、海里はもうすべてをルカに委ね、快楽の虜にされてしまっていた。

　達したはずの自身は萎えておらず、まだ硬さを維持したままだ。膝がガクガクと震え、背後にルカがいなかったら、とてもではないが立っていられない。

「んあっ、うっ、そっ…そこっ、やっああ！」

　ルカの指が内壁の、ある一点に触れた瞬間、ひときわ海里の嬌声が大きくなる。

「気持ちいいか、海里。お前の中が、うねるようにして指を奥へと引き入れていく」

「い、い……っ、あっ、ああ」

羞恥より、快感が勝った。唇の端から唾液を零しながら、海里は夢中でうなずく。

「あ、うぁ……っ」

ずるっ、と指が引き抜かれる感触がして、その部分が足りないというように、浅ましくひくつくのが海里にもわかる。

「ここに手をついて支えろ。……入れるぞ」

朦朧となっている海里は言われるままに、両手を鏡についた。その腰を、背後からルカが、しっかりと抱える。そして。

「は……っ！　あっ、あっ、あああ！」

ぐうっ、と硬く太いものが、海里の中に挿入されてきた。身体を下から貫かれる恐怖に、我知らず海里は爪先立ちになる。

「いやっ、やめっ、熱い……っ！」

唇からは拒絶の言葉が漏れるが、自身は再び達しそうなほどに、透明な液を床に零していた。

「ひいっ！　あ、やあっ！」

深々と、根本まで差し入れたルカが腰を揺すり出すと、屹立した海里のものがゆらゆらと揺れ、恥ずかしい液体が糸を引いて落ちる。

「あっ、あ……っ、いや、あっ」

深く浅く、内部の感じるところを抉るようにルカは腰を動かしながらも、海里の前や胸の突起を弄った。

脳も身体も、溶けてしまいそうだ、と海里は感じる。

涙でぼやけた視界には、零れる唾液を拭うこともできずに、快楽に翻弄されている自分の姿が映っていた。

今もまだ雷鳴は激しく、閃光(せんこう)と共に淫らな自分の姿が眩しく照らし出される。その両脇には、ぎっしりと並べられた自分の写真。

背後には、貪るように自分を犯す奇跡の美青年。

――もう、自分がどうなるのか、どうなっていくのか、わけがわからなくて怖い。それなのに……気持ちよくて、おかしくなりそうだ。

ぐぐっ、と自分の中のルカが大きさを増して、体内で弾けたのを感じる。けれどそれは、海里のものと同じく、達したはずなのにまだ硬さを保ったままだ。

「も……抜い、て。許し、て」

むせび泣きながら海里は訴えるが、無情にもルカは再び、腰を揺らし始める。

「っあ、ああ……っ！　駄目、もう、嫌、あ……っ」

際限なく湧き上がってくる快感は、もはや苦しいとすら感じた。

ルカが海里を解放したのは、雷雲が去り、雲間に明るく青白い月が姿を現してからだった。

「……なんだか……すごく、自堕落というか。自分が、どうしようもない人間になっちゃった気がします」

快感のあまりわけがわからなくなった海里を、ルカは寝室へと運んでくれ、そのベッドで海里は目を覚ました。

その後、この前のようにルカの血液が入った水を貰い、全身が震えるほどの美味しさを堪能したものの、飲み終えたグラスを握ったまま、海里はひどく落ち込んだ気分になっていた。

ベッドに腰かけ、こちらが血液入りの水を飲む様子を嬉しそうに眺めていたルカは、そのグラスを海里から受け取ると、サイドテーブルに置く。

「どうしようもない人間、などということはありえないから心配するな。なにしろお前は、もう人間ですらない」

「だから、それが辛いんですってば」

はあ、と海里は溜め息をつく。

「ルカは多分、人としての生活が殺伐としていたから、あまり思わなかったのかもしれないですけど。俺は結構、平凡な毎日が好きだったんです」

ふむ、とルカは肩を竦める。

「気持ちはわからなくもないが。人ではない人生の良い部分を、まだ海里は知らないということもあるだろう」

「良い部分？　そんなの、あるんですか」

暗い声で言うと、ルカは立ち上がり、海里の手をとった。

「俺の血で、体力は回復しただろう？　散歩にでも行くか」

散歩？　と海里は眉を顰めたが、最近は昼に寝ているせいで、夜は眠くない。することもないのだし、これ以上悪いことは起きようがない気がして、ルカに従うことにした。

「今夜は月が明るい。それに気の変わり目でもあるからな。闇に属する生き物が、多く見られるはずだ」

外へ出てルカが向かったのは、林を抜けた先にある、鎮守(ちんじゅ)の森の方向だった。

林道は整備されていて、歩くのはさほど苦にならないが、この辺りは住宅地からも離れていてほとんど街灯がない。

そこで海里は初めて自分が、かなりの暗闇だというのに、周囲がよく見える目になっていることに気が付いた。

梢(こずえ)の上で眠る鳥も、夜行性の小型哺乳類が遠くで動く様子も、昼と変わらないくらいにはっきり見える。それだけではない。

「あ、あそこ……」

木々の間を、ふわふわと揺れて移動していく青い光を指差すと、人魂だ、とルカは淡々と言った。

「珍しくもない。人の目には見えづらいだけで、いくらでも飛んでいる」

「えっ。こ、怖くないですか」

「すぐ慣れる。別に悪さもしないし、雀（すずめ）が飛んでいるようなものだ」

そう言われても、これまでオカルトに興味も縁もなかった海里としては、呆然と見つめてしまう。

「それより、あっちのほうが面白いぞ」

言われてそちらを見ると、大きな木の根元で、人差し指ほどの大きさの、白く光る人形のようなものが、いくつも動いているのが見えた。

それらはまるで踊っているかのように、輪になってくるくると回っている。

「な、なんですか、あれ……」

「ヨーロッパではわりとポピュラーなものだ。妖精などと呼ばれる夜の生き物の一種だが、やつらは古い木の精霊だな」

「妖精？　日本にもいたんですか？　妖精っていうと、欧米のイメージがすごく強いです」

小さく愛らしい光の輪から目を逸らさずに尋ねると、もちろんだとルカは言う。

「和風にすると、受ける印象はかなり違うだろうが……たとえばヨーロッパにも、ああいうものたちの前で上手く歌ったり踊ったりして、身体の腫瘤（しゅりゅう）を取ってもらった話などがある」

あ、と海里は気が付いてルカを見る。

「それって、こぶとり爺さん……？」

「民話や伝承に、世界で共通する部分があるというのは、つまりこうした闇の生き物は、どここにでもいるということだ。俺たちと同じようにな」

へええ、と感心しながら、海里はしばらく光の輪を見つめていた。が、ルカにうながされて歩いていくうちに、さらに不思議なものの姿が、次々に見えてきた。

「アスファルトの上には、あまりいないんだがな。この辺りには幻獣が多い」

鎮守の森に近づくにつれ、青白い影のような大型の鹿の形をしたものが目の前を通り過ぎたり、金色の猫に似た生き物が、梢から梢へと飛び回っているのが見える。

そして神社に続く長い階段の下まで来ると、ルカはそこで立ち止まった。

「さすがに、祀られているものを悪戯に刺激するのは避けたいから、社までは行かないが。あの木をお前に見せたかった」

ルカが差し示したのは、いくつも続いている鳥居の中の、一番下の鳥居の横にある、注連縄を巻いた樫の大樹だった。

「う……わあ……」

ここに来るまでに、散々に幻想的なものを見聞きしてきた海里だったが、ひときわ大きな感嘆の声を上げる。

その大きな木の周りには、先ほど目にした人魂のような丸く青白いものや、ランプのような明るい光の球などが、まるでクリスマスツリーの飾りのようにふわふわと漂っていたのだ。

枝に無数に並んで停まっている銀色の小鳥、炎のような鱗粉を散らしながら、ひらひらと舞っている大きな赤い蝶、するすると幹を上っていく、金色の蛇。

足元の草むらからは時折、小さな花火のような光が弾け、その周りを七色に照らす。

海里はしばらく呆然として、その光景に見惚れていた。

——綺麗なんて言葉じゃ足りないくらいだ。……こんな美しい光景が、家のすぐ近くにあったなんて。ただの不気味な……変質者が出そうな森だと思っていたのに……。

ふと神社の階段付近になにか動くものを見つけて目を凝らすと、こちらをじっとうかがっている白い発光体がある。それには大きな尻尾があり、狐の形をしているように見えた。

思わず近寄ろうとした海里の肩を、そっとルカが押さえる。

「闇の生き物は、愛玩動物とは違う。我々よりずっと年老いていて賢く、プライドの高いものもいる。迂闊に可愛がろうなどと考えると、痛い目を見るぞ」

「そういうものなんですか……」

「彼らの縄張りを尊重して、距離をとって付き合えばなにも問題はない。そっと鑑賞するぶんには、存分に目を楽しませてくれる」

確かにルカの言うとおり、彼らもまた自然の一部なのだとすれば、山や海をなめてかかると命を落とすことがあるように、知らずに近寄ればやはり危険なのかもしれない。

それでもこうして眺めていると、心が浄化されて嫌なことをすべて忘れられるような気がしてしまうほど、この光景は美しく、海里の心に強烈なインパクトを与えていた。

ルカも海里と並び、静かにその光景を見つめながら、静かな声で言う。

「お前はもう、元の暮らしはできない。日光の下でのびのびと駆け回ることも、青空に白く輝く雲を眺めることもできないのも確かだ。……だが、人には見えないこうした美しいものたちに囲まれる生活も、悪くはないだろう」

「確かに、そう思えるくらいに、この美しさには説得力を感じます」

思わず同意した海里を、ルカはちらりと横目で見る。

「しかしな。どんなに夢のように美しい世界でも、ひとりきりで眺めているのは退屈なものだ。どう美しいのか、なにを美しいと感じるのか、共に気持ちを分かち合える相手がいるのといないのとでは、感動の大きさも違ってくる」

「え……？」

――それはもしかして、俺が一緒にいたほうがいいっていうことだろうか。……ずらっと飾られた写真にはびっくりしたし、ストーカーをされてることには驚いたし、正直、怖くて変な人、としか思ってなかったけど。……ルカは多分、とても孤独なんだ。

海里はそう思ったが、自分よりはるか年上の、美貌の吸血鬼に必要とされているなどというのは、なんだかとても自惚れた考えのような気がして、口にしなかった。

ただ、この美しい光景も深夜にたったひとりで見ていたら、それはやはり寂しいかもしれない、と思ったのだった。

「ちょっと、そこをどいてください。別の部屋に行っててくれると、助かるんですけど」

多少極端な部分はあるにしろ、人ではなくなった自分の気持ちをわかってくれる相手、とルカのことを認識した海里は、たびたび屋敷を訪れるようになっていた。

ルカというのは、冷たい美貌とは裏腹に、ちょっと子供のようなところがある。

先日など、海里が熱心に磨いた廊下の滑り心地を試す、などと言ってスケートのような足運びをして、見事に滑って転んでしまった。

海里はつい大笑いして怒られるかと思ったが、お前が楽しめたのならよかった、とルカも嬉しそうに笑ってくれた。

古くなって切れたら危ないからと、額縁の紐の付け替えを一緒にしたときも、ルカは不器用でなかなかちょうどいい長さにできず、しまいには拗ねてしまった。

けれど額縁に入った写真の出来を誉めると、たちまち機嫌を直して、再び不器用そうに紐を結び始め、海里は思わず微笑ましく感じてしまったくらいだ。

殺伐としていたルカの人生に、わずかでも自分がぬくもりを与えられるのなら、鬼としての生にも意味があるのかもしれない、と海里は思えるようになっている。

季節はそろそろ春も終わり、梅雨にさしかかりそうになっていた。この日はどんよりと曇っていて、昼の時間帯でも室内は薄暗く、カーテンを閉め切らなくても日差しの心配がない。

そこで海里は湿気でこれ以上カビが生えたり、虫が発生しないうちにと、屋敷をせっせと掃除しているのだが、古い愛用のカメラを構えたルカが前から横から、シャッターチャンスを狙ってうろうろしているのが、気になって仕方ない。

「別の部屋に行ったら、お前の掃除する姿が写真に収められないじゃないか」

「何枚撮ってるんですか。それに俺はここにいるんだから、レンズ越しに見なくたっていいでしょう？」

　床を拭いた雑巾を、バケツの上で固く絞りながら海里は言う。するとルカは肩を竦め、近くの机にカメラを置いた。

「……言われてみればそうだな。習慣になってしまっていたが、もう写真に固執(こしつ)する必要はないわけか」

「俺をそんなに観察して、なにが面白いんです」

「面白いから観察していたわけじゃない。必要があって観察していたら、楽しくなったというだけだ」

「アサガオの観察日記みたいなものですか？　でも、俺はもう成長しないですよ」

　胸に小さな痛みを感じながら言ったが、ルカは満足そうにうなずいた。

「そうだな。お前は花が咲いた状態で時間を止めた。……こんなに愛らしい花なら、いつまでも眺めていられる」

　頭に埃よけの三角巾をかぶり、雑巾を手にしている海里は、顔が赤くなるのを感じた。

「俺のどこが花ですか。変な冗談ばっかり言って」

「冗談じゃない。自分では気が付いていないだろうが、お前は鬼と化してから独特の雰囲気が加わって、なんというか。要するに、魅力が増した」

「錯覚か気のせいですよ、そんなの」

恥ずかしさを隠すために、ガタガタと音を立てて椅子を移動させ、海里はその上に乗る。

そうして高い棚の上にある。動いていない置時計や、木彫りのオブジェなどを拭き始めたのだが。

茶色がかった、古くて大きな地球儀に触れた途端、ぐらりと丸い地球の部分が、軸から外れた。

「あ……ッ！」

トン、と一度棚の上に転がり、そこから床に落ちそうになる地球に反射的に手を伸ばした海里の足が、椅子から離れる。ちかっ、と指先に、痛みを感じた。

「海里！」

ガターン！　と大きな音がして椅子が倒れたが、海里は地球を持った状態で、広い胸に抱き留められていた。

「……すみません、ありがとうございます」

目前にあるルカの顔に、頬が熱くなるのを海里は感じる。

「大丈夫か。置物も家具も、古くなってろくに手入れがされていないからな。壊れているものも……海里」

言いながらルカの視線は、海里の手元に向けられた。手にしていた地球を見て、海里はハッとする。

「ご、ごめんなさい。汚して……さっき、地球の軸の部分で切っちゃったのかも」

だがルカが見ていたのは、外れた地球儀ではなかったようだ。

魅入られたように手を伸ばしたのは、海里の傷ついた右手の人差し指だ。その手から、丸い地球の部分が転がり落ちたが、そちらには目も向けない。

「……もったいない」

溜め息混じりにつぶやくと、その指先をルカは、そっと口に含んだ。

「――っ……」

わずかな痛みと、口に含まれた熱さを、海里は人差し指に感じる。そして、気付いた。

――これって、血を吸われるのと同じだよな？　だって傷口に、ルカの唾液が触れてる……。

「ルカ。や、やめて。もういい」

「よくない。お前の血は、一滴たりとも無駄にはできない」

そう言ってルカは、丹念に指先から手のひら、手首にまで舌を這わせてくる。海里は、自分の首から上がどんどん熱くなっていくのを感じていた。

ドッ、ドッ、と心臓が耳の後ろについているかのように、大きく鳴り響き始める。

「ルカ……俺……」

膝がガクガクしてきて、掠れた声で海里は訴える。

「そ、そんなに、舐めたり、するから。なんか、お、おかしく、なってきて」

「そのようだな。顔が真っ赤だ」

顔だけではない。急速に下腹部が熱を持って、海里は狼狽えていた。

「……どうして欲しい？」

両肩を抱くようにして優しい声で、ルカが耳元で囁く。

「お前のいいようにしてやる。嫌なことはしない」

しかしそれはむしろ、無慈悲な言葉に海里には思えた。強引に抱かれたのであれば、自分に言い訳ができる。けれど。

「お、俺、そんな、いやらしいこととか……したくない」

「そうなのか？　そうは見えないが」

はあはあと、海里の呼吸は荒くなっていた。自分を包み込むようにしている男の腕に、身を委ねたいと思う半面、絶対に駄目だという葛藤がある。

——俺は、男が好きなわけじゃない。それなのに。

涙で霞んだ目で、海里はルカを見上げる。

——ルカは、ずるい。俺の血を舐めて、俺をこんなふうにして。……俺を助けて、こんなに……格好よくて。

「ルカ……ルカ！」

もう限界だった。海里は自分からルカに抱き着いて、腰を押し付けてしまう。

「助けて。俺、俺……もう」

「もう一度聞く。どうして欲しい、海里」

耳朶を唇で挟み込むようにして、ルカが聞いてくる。

海里は恥ずかしくて、やはり口では言えなかった。その代わり、自分からシャツのボタンを外そうとする。

指が震えて上手くいかなかったが、ルカがすぐに手を貸して、あっという間に一糸まとわぬ姿になっていた。

「はあ、あ……っ、ルカ……」

ついさっきまで、せっせと掃除をしていたはずだった海里は、全裸に剝かれてルカの腕の中で、たぎる熱に身悶えていた。

「我慢できるはずがないのに、一生懸命耐えようとするお前は可愛いな、海里」

「可愛く、なんて、ない……っ」

まだかすかに残っている理性でそう訴えると、ルカは苦笑した。

「お前が納得しなくても、可愛いものは可愛い。恥ずかしがって、抱いてくれと言えないところもだ」

「ちがっ……お、俺は」

「まだ認めようとしないのか。もう少し素直になれ」

ルカは言って、ふらふらになっている身体を抱えるようにして、先ほど倒れた椅子と対になっている、一人掛けの肘掛け椅子に海里を座らせた。

　自分は棚の引き出しから、なにか小さな瓶を持ってきて、その中身を手に垂らす。とろりと、金色の油のようなものが見えた。

「椅子の背もたれのほうを向いて、座面に片足の膝をつけ。準備しよう」

　準備、という言葉に海里の胸の鼓動はさらに速まる。

　男に抱かれることに抵抗はある。しかし、そうしなくては身体の興奮が収まらないことも、いきなり挿入されると痛みがあることもわかっていた。

「ルカ。俺……したい。だけど、まだ、こ、怖くて」

　半泣きになりながら、言われた通りに座面に片方の膝をついて背を向けた海里に、やはりいつもより優しくルカは言う。

「わかった。痛くしないから、心配するな」

　こくっ、とうなずいた海里の後ろに、ぬるついた指先か触れてくる。

「あ、んんっ……！　やっ、あ、あ」

「力を抜け。息を吸って……ゆっくり、そう、吐いて」

　海里は椅子の肘掛けを両手でつかみ、片方の膝をついて、無意識に腰を突き出すような姿勢になっていた。その無防備な部分に、ルカが油のようなもので濡れた指を、ゆっくりと解しながら挿入してくる。

「あっ、ああ！　ひ、う……っ」

ぬうっ、と長いルカの指が押し入ってきて、ぬるぬると海里の内壁を弄った。

「嫌っ、あ、あっ」

ちゅっ、くちゅ、と淫らな音が、静かな室内に響く。

「ぅああっ！　や、んんっ」

指が二本に増やされたが、痛みはない。海里の中はもうとろけていて、ひくひくと指を飲み込むように動くのが、自分でもわかった。

「……もう大丈夫そうだな、海里」

ルカは言って、ゆっくりと指を引き抜いていく。違和感に、ビクッとした海里の身体を、ルカは再び軽々と抱き上げた。

どうするのだろう、と不安になった海里だったが、ルカが椅子に腰を下ろし、その膝に海里を座らせるようにして背後から両手を回してきたときに、その意図に気が付く。

「ゆっくり、そのまま……腰を落とせ、海里」

「待っ……あ、あああ！」

座ったルカの、屹立したものの上に海里のぬるついた秘所が押し当てられた格好になり、解されたそこは抵抗なく、硬く太いものを飲み込んでいく。

「ひう……っ！　う、あっ、はあっ」

「痛くはないだろう？　もっと力を抜いて……そう、上手だ」

「い、や……っ、あ、ああ！」

ず、ず、と根本までルカのものが、海里の身体を背後から貫いていく。

ルカの上に座った格好になった海里は、大きく開いた足を閉じることもできない。その身体に、ルカが背後から手を回してきた。

「んっ、い……っ、やぁっ」

胸の突起に両手で触れてきて、痛いほどに刺激を与え、次にやわやわと指の腹で撫でてくる。

「やだ……やっ、やめ、ああっ」

痛みだけでなく、甘い快感が走るたびに、海里の身体は無意識に、体内のルカを締め付けてしまっていた。そのたびに、別の快感が下腹部からせり上がってくる。

「あっ、あんっ、んんっ」

恥ずかしいほど甘い声が、自分の唇から漏れるのを止められない。

――もう、やだ。苦しい。

深々と男のものを突き入れられ、胸の突起を弄られて、海里は快感に溺れそうになる。しかし、肝心な部分への刺激は、与えられないままだ。

そのもどかしさを察したように、ルカが耳元で囁いた。

「海里。自分がどうしたいのか、もう素直に認めろ」

「あ……っ、ルカ、お、俺……っ」

「まだ言えないなら、自分ですするといい」

そんな、と海里は、今にも達してしまいそうに反り返っている自身に目を落とした。恥ずかしさでおかしくなりそうだ。けれど、もう、限界だった。

「ああ……！」

海里は自分のものに、震える指で触れた。先端からは透明なものが溢(あふ)れ、根本にまで伝って全体がぬるついている。

「はあっ、はっ、ああ」

けれど、ほんの少し触れれば弾けそうなはずだったのに、ルカに自慰を見られていると思うと、恥ずかしさが勝ってしまう。そのせいか、なかなか達することができない。

ルカ、と海里はとうとう、泣きながら懇願した。

「いき、たい。いかせて……っ」

と、胸の突起を弄っていたルカの両手が、下腹部へと滑り降りる。

「あ……っ！」

根本から上へと扱き上げられ、くるくると滑らかな先端を刺激されると、あっという間に海里は追い詰められていく。小さなくぼみを指先で刺激された刹那。

激しく海里の身体は痙攣し、声も出ないほどの快感が背骨から頭のてっぺんを電流のように貫くと同時に、熱いものが勢いよく放たれて、床を汚した。

「そら、海里。舐めればすぐに、元気になる」

そう言ってルカが差し出したのは、陶器の白いスプーンに少量入った、鮮やかな血液だった。

「……ルカの？」

「ああ。俺の指先の傷から直接舐めてもいいが、俺がその気になったらお前が困るだろう」

「うん。すごく、困ります」

掃除の途中でことに及んだあと、ルカはぐったりして放心状態の海里を、シャワーで汚れを落としてくれてから、毛布に包むようにして、ベッドに寝かせてくれていた。

それから別室で、自分の血液を採血してきたらしい。

「まだお前は血を飲むのに慣れていないからな。今日は薄めていないから、少量だ」

スプーンを受け取った海里は、血の色に惹(ひ)かれるようにして、それを口に入れていた。

――……美味しい……！

それは水で薄めたものより、当然ながらずっと濃く、芳香も強く、蜂蜜のように濃密な甘さを感じた。強張った身体がじんわりと温まり、だるくなっていた四肢に活力が蘇ってくる。

おかげさまで体調はすぐ回復したものの海里の心は晴れず、溜め息をついて上体を起こし、スプーンをルカに返す。

「どうした、浮かない顔をして。美味くなかったのか」

怪訝(けげん)そうに、ルカはベッドに腰を下ろし、海里の顔を覗き込んでくる。

「そうじゃないです。ただ、俺……昼間からこんなことするの、や、やっぱり抵抗があります。恥ずかしいですし」

「なにも恥ずかしがることなんかない。瞳を潤ませ、甘い声で喘ぎ、愛らしく快感に身悶えするその様子は、淫らな俺だけの天使だと思わずにいられなかったぞ！」

「際限なく恥ずかしくなるからやめてください！」

どうやらルカには本当に、こちらの言っている意味がわからないらしかった。それとも、自分のほうがおかしいのだろうかと、海里は混乱してしまう。

「ルカは吸血鬼っていっても、もとは普通の男性だったんですよね。俺が、その、つまり男なのにあんなことせがんだりして……嫌じゃないんですか」

するとルカは、意外なことを言われたという顔になる。

「嫌なわけがない。気に入らない人間だったら、触れるどころか見るのも嫌だがな。お前はどうなんだ」

ずい、とルカは身体を近づけてきた。

「恥ずかしいというのは、よくわかった。そういうお前の初々(ういうい)しい反応も、俺は可愛らしいと思っている。しかしお前は俺に触れられるのが、そんなに嫌か」

え、と海里は言葉に詰まり、視線を宙に彷徨わせる。即答できないのは、そこまで大きな嫌悪感をルカに覚えていない自分を、まだ認めたくなかったからだ。

——男とどうこうなるなんて、考えたこともなかったし。その相手が、こんな特殊な生き物で、そのくせものすごく美形で、男でもちょっと見惚れちゃうくらいで。いや、そんなことはどうでもいいんだ。問題は、俺がどうして嫌じゃないかってことで……。

葛藤する海里の胸の内を察したように、ルカは言った。

「まあ、いい。いくらでも時間はある。ゆっくり頭を整理すればいい」

そう言ってもらえて、海里は安心する。顔を上げると、ルカは穏やかにこちらを見ていた。

――ずるいよ。優しいことを言われると、信じそうになってしまう。それにこの人なら、俺のことを全部わかってくれている……人間だったときのことも、鬼になってからのことも。

そうだそれから、椅子から落ちたときに助けてもらった。

考えているうちに、また胸がドキドキしてきてしまい、海里は頭を軽く振ってベッドから起きようとする。

「どうした。起きるのか」

「俺、床を汚しちゃったから。綺麗にしないと」

自分が汚してしまったことを思い出し、床に降りようとした身体を、ルカが引き留める。

「なにを慌てている。言っているだろう。俺たちには腐るほど時間がある」

「だって、ただの汚れじゃないんですよ。は、恥ずかしいじゃないですか」

「……まあ、仕方ないかもしれないな。まだお前は鬼になったばかりだから、人間の感覚が強く残っているのもわかる。俺は基本的に、いずれ朽ちる無機物などで、床が汚れても気にならないが」

「俺はやっぱり、住んでいるところは、綺麗にしたいです。掃除しないと気になっちゃいますよ」

「わかっている。だから随分と、片付けをしたと言っただろう。少なくともお前が使う部屋はすべて、物置状態ではないようにした。掃除も、お前がそんなに言うのであれば俺も手伝おう。……海里にとって住み心地のよい屋敷になれば、俺も嬉しい」

「あ……ありがとうございます」

そんなふうに考えてくれていたのだと知って、海里は感謝する。

「じゃあ、日が暮れるのを待って、窓拭きを手伝ってもらえませんか。こんなに曇ったままじゃ、日差しの心配をしなくていい雨の日だって、外もぼんやりとしか見えないじゃないですか」

「窓については、曇っていたほうが都合がいいんだ。気味が悪い空き家と思われていれば、セールスも来ない」

「なるほど。それはそうでしょうけど、埃だらけじゃ身体にだって悪いですよ」

「人間ならな。だが我々には問題ない。アレルギーも無縁だ」

「そうか……本当はクッションとか枕も、少し日に当てたいんだけど、それも無理ですよね……」

海里には、家事をすることが義務のように身体に染みついてしまっている。溜まった埃やこびりついた汚れを見て、放っておける性格ではなかった。

ルカに気遣われつつベッドから降りた海里だったが、すっかり体調が戻っていたので、服を着るとバケツと雑巾を手にする。ともかく早く、自分で放ったものの始末をしたかったのだ。まだゆっくりと、ベッドで語り合いたかったとぶつぶつ言いながらも、ルカは後ろをついてくる。

書斎もリビングも、せっせと海里が掃除したおかげで、最初に入ったときよりは、かなり改善されている。

あまり太陽の光を入れられないから、どこか空気がひんやりとして、湿気がこもっているのは変わらないのだが、たとえ薄暗い照明でも、つややかに磨かれていると、それだけでかなり印象が違った。

お化け屋敷から、古城の一室にランクアップしたという感じだ。

「家中の掃除が終わったら、庭の手入れもしたいと思っています」

拭き掃除を終えると、海里はバケツやホウキを片付け、手を洗ってからルカと一緒にリビングに行き、向かい合ってソファに腰を下ろした。

「庭を？　どうする気なんだ」

眉を寄せるルカに、海里は答える。

「まず雑草を抜いて、石ころとか、落っこちた外壁なんかをとり除きます。結構野生の花が咲いているから、それはそのまま活かして、他にも花を育てたいなって」

「咲いても、どうせ昼は見れないぞ」

「月明りで見る花だって、きっと風情があると思うんです」

「……なるほど、わかった。では俺が苗や種を調達しよう。なにがいい。バラでもミモザでも、どっさり花の咲き誇るゴージャスな庭にしてやる」

待ってください、と海里は慌てた。

「勝手に飛んできた種で花が咲いちゃった、くらいの感じにしないと、目立っちゃうじゃないですか。近所の住人が見物に来ちゃいますよ」

「さすが海里だ、鋭いな！　だがそのときは花でなく、人間のほうを排除すればいい」

「だっ、駄目ですってば！　それに、あまり派手じゃないくらいが、風情があっていいですよ」

必死に説得すると、ううん、とルカは首をひねった。

「さじ加減が難しいな。俺にはそうした感覚はわからん。もともと人間だったときから、美的感覚などの情緒には疎いが。芸術なんぞ、からっきしわからんしな」

「でもルカだって、闇の生き物や精霊たちは綺麗だと思ったでしょ？　美しいものに心が動くなら、人間と同じですよ」

「どうだかな。俺はギャングだったころ、平気で人を殺してきた。むろん、殺されそうになったこともあるし、人とはそういう醜(みにく)く愚(おろ)かな生き物だという認識がある」

「……俺だって、醜くて愚かですよ」

海里が言うと、ルカはとんでもないというように、ムキになって首を振る。

「お前は違う。優しく、潔癖で、思いやりがある。なにしろお前の行動は常に、メモにとってきたからな。醜くも愚かでもないことは間違いない」

「メモって……俺のデータブックでも作ってたんですか……？」

「それが俺のライフワークだからな」

「でも、俺を知ってるって言っても、心の中は見えないでしょ？」

海里はルカの自分への評価を聞くうちに恥ずかしくなってしまい、溜め息をついた。

「俺は子供のころ……父さんの作る地味なお弁当が恥ずかしくて、友達の綺麗なお弁当が羨ましくて仕方なかったことがあります。俺のは前の晩の残りのコロッケとか、魚の切り身とごはんが入っているだけなんですけど、友達のはプチトマトとか、お花の形のニンジンとかが入ってたんです。爪楊枝も旗がついたりしていて、色どりも鮮やかにバランスがよくて、とても綺麗だった」

俯いた海里は、自嘲ぎみに話す。

「父さんが働きながら俺を育てるのは、本当に大変だったはずなのに。俺は感謝より、そのお弁当を恥ずかしく思ってしまった。……毎朝作ってもらうのは大変だろうから、パンを買うって言って、もう少し大きくなると自分で作りました。父さんは偉いなって誉めてくれたけど、本当は……父さんのお弁当を友達に見られたくなかったんです。思いやりがなくて、嘘つきで、見栄っ張り。充分に愚かですよ、俺は」

「それくらいなら、完全無欠な聖人よりも、むしろずっと愛すべき愚かさを持った人格だと俺は感じる」

ルカは頑なに、海里を海里自身から擁護(ようご)する。海里は苦笑して、ルカに言った。

「確かに、ギャングのしたことに比べたらそうでしょうけど。俺が言いたいのは、俺は特に優秀なところのない、つまらない人間ってことです。……もう人間じゃないけど。とにかく、ルカが執着するには値しないと思うから、不思議なんですよ」

「そうか？　俺には、お前のなにもかもが新鮮に思える。綺麗好きで、きびきびとよく動いて、本来の生身の生き物としての快活さと、妖しい闇の生き物の不思議な混ざり具合が、なんと美味そうなんだろうと」

そこまで聞いて、海里は思わず笑ってしまう。

「美味そうって。そうか、そういう見方だと、俺にも魅力があるのかもしれないですね」

笑いを収めながら、では自分はルカをどんな目で見ているのだろう、と海里は思った。

不本意ながらも肌を合わせたり、助けられたりしたことで、距離が縮まっているような気もする。

——それに、味、か。……そう思って見ると、この人の見た目って本当に格好いいし……ちょっと怖いけど、その。セクシーっていうか、男の色気みたいなのは、すごくあると思う。

そしてその体内には、あの得も言われぬ、極上の味がする液体が流れているのだ。

じっと見つめている海里に、ルカはなにを思ったか手招きをする。隣に座れとうながされ、海里はおとなしく従った。

血液を口にするのは、生きていくためだけなら月に一度くらいで大丈夫だし、先ほど互いの血を口にしたばかりなので、またすぐ吸われることはないだろう。

そう考えて腰を下ろした海里の肩を、ルカはそっと抱き寄せた。思いがけない行動にドクン、と海里の胸が大きく弾む。

「ど、どうしたんです。もしかして、寒いんですか？」

「いや。誰かがこうして、傍にいるというのはいいものだと思ってな。とりとめもなくこうして会話をすることも、間近で人の笑い声を聞くことも、久しく忘れていた」

「……ルカ。俺は……いろいろと、恥ずかしかったりとまどったりは、ありますけど。でも、ルカとこうして時間を一緒に過ごすことは……嫌じゃないです」

正直に言うと、ルカはほんの少し、淡い色の瞳を見開いた。海里は続ける。

「だけど、ひとつだけ、約束してください。もう、誰も殺したりしないで欲しいんです。昔のことは……俺には想像もつかない時代だから、なにも言えないけど。でも少なくとも今の世の中で簡単に命を奪うなんて、たとえ人間じゃなくても、やっていいわけがないと思いますから」

「それを約束すればお前は俺の傍にいることに、抵抗がないということか？　……考えてもいい。お前には、それだけの価値がある」

甘く低い美声を聞きながら、海里はまたもドキドキしてしまい、そんな自分に動揺して、ますます鼓動が速くなってしまった。

——……なんだか俺、勘違いしてしまいそうだ。この人は吸血鬼で、俺のことは食料、くらいにしか思ってないかもしれないのに。もしかしたら、ルカは食料以外の意味でも、俺と一緒にいたいと思ってるのかも……って考えると、なんだか……嬉しい。

無理やりに血を吸われた吸血鬼相手に、我ながら馬鹿みたいだと思うのだが、自分に嘘はつけない。

日頃ルカは、古いカメラで海里を撮影したり、掃除を手伝うと言って周囲をうろうろしているが、静かに読書をしたり、日記のようなものを書いていることもある。

そんな姿を盗み見て、海里は思わず見惚れてしまうことすらあった。

夜ごとこうして互いに身を寄せ、血を糧にして永遠に生きるもの同士でしか理解できない話をし、美しい森でふたり肩を並べて、夜の散歩をするのも好きだ。

ルカとなら、もしかしたら人間とは異質な長い生を、共に過ごしていけるかもしれない、と思うようになっている。

こんなふうにして海里はルカと、想像していたよりはずっと楽しく穏やかに、智野見の一族としての日々を送っていたのだった。

この日は夕方から、小雨が降っていた。かつての海里は雨があまり好きではなかったが、最近は違う。雨の日はいつもの日没よりも、早く空が暗くなるからだ。

父親に、夜間のアルバイトをしている海里は、今日は普段よりルカと早く会えると思いながら傘を差し、濡れて濃くなった草の匂いのする中を歩いていた。

が、最近海里が綺麗に蝶番（ちょうつがい）の錆びを落として軋まなくなった門と、玄関の扉を静かに開くと、どうも聞き覚えのない声が聞こえてくる。

――ラジオ……じゃないよね？　まさか誰かいるのかな。

ルカではない者の気配がして、海里は思わず居間のドアに近寄って、そっと様子をうかがった。ルカのお客さんならば、挨拶（あいさつ）しなくてはならない。

前髪を手櫛（てぐし）で整え、ドアを開こうとしたそのとき、物騒な言葉が飛び込んできた。

『――監禁するべきだ！　ルカ、お前はなにか勘違いをしている！　あれは敵だとわかっているのか？』

『それは貴様が、俺が勘違いをしているという勘違いをしているんだろう』

『おい、ルカ。言葉遊びをしてバルドを怒らせるな、面倒くさくなる』

『バルドの肩を持つ気はねえが、この件に関しては、ルカに問題があるだろう。なんだってちゃんと、智野見のガキの監視報告をしてこなかったんだ』

――監禁。敵。智野見のガキの……監視報告……？

俺のことだ、と察した瞬間、海里は頭から血の気が引くのを感じた。その会話内容は、どういうわけか海里をルカたちが敵と認識し、その対策として自分を監視していたということなのだと悟ったからだ。

話し声からして、中にはルカ以外に、少なくとも三人の男がいるらしい。

動揺した海里が、ドアの前で立ち尽くしていると、ふいに会話がピタリと止まった。

「……海里。来ていたのか。今日は早かったな」

言いながら居間のドアを開いたルカは、いつもと変わらないように見える。だが、それは無理をして平静を装っているように、海里には思えた。

ルカの肩越しに、居間のソファに男が三人、座っているのがちらりと見えた。いずれも外国人らしく、どことなくルカと同じ空気をまとっていた。

「雨が……降っていたので。でも、今日はもう俺、帰ります」

いたたまれないと感じ、立ち去ろうとする腕を、ルカがつかむ。

「待て、海里」

しかしそう言うルカの背後から、怒声が響いた。

「いい加減、茶番はやめろルカ！　監視義務を怠るならそいつを寄越せ。これからはこっちでやる！」

「バルド貴様、なにを勝手な……海里！」

海里はルカの腕を振り払って屋敷を飛び出ると、傘のことなどすっかり忘れて、雨の中を駆け出した。

ルカの仲間が、自分を寄越せと言ったことも、これからは彼らが監視すると言ったことも怖かった。

それになにより、ルカが趣味嗜好ではなく、仲間内の義務として自分を監視していたらしいことに、ひどくショック受けていたのだった。

† † †

雨の日でも、屋敷内の窓は、すべて分厚いカーテンが閉められている。

この日、日暮れ前に起きたルカは燭台にたくさんの蝋燭を灯し、腕組みをしてディバンに座り、長年心血を注いできた海里のコレクションルームにいた。

手元には、大量の写真を収めたファイルとアルバムがある。もちろん、すべて細かく年代順どころか時刻順に整理されていて、その中でお気に入りを決めていく作業が実に楽しい。

お気に入りはずっと同じというわけではなく、季節や気分によって、ランキングが変動することもある。

「やはりこの、七五三とやらのイベントでの和服姿はいいな。日光防護服で全身を覆いながらも、盗撮を決行した甲斐があった。だが今見るとこの、初めての夕飯作りで玉子焼きを焦がしてしまった連写シリーズも、評価が拮抗（きっこう）し始めている」

ううん、と首をひねりながらルカは写真を見比べた。評価といっても、もちろん自分の中でのことなのだが、ルカにとっては大切なことだ。

お気に入りの中でも不動の地位を得た写真たちは、額縁に入れられて壁に飾られ、その次のランクのものは革張りの表紙のアルバム、別珍のカバーのアルバム、などと順番が決まっている。

そして海里は単なる読書やルカ個人の日記と思っているらしいが、海里の成長記録日記を読み直したり、新たなデータを書き加えていくのも楽しい。

海里をテーマにしたポエムや、日々の服装を図解で記したものもある。

日記は日付が近年のものになるにつれ、ルカがいずれ強引にでも、海里を鬼として目覚めさせようと考えていたことが、如実に文章に表れていた。

しかし謀(はか)らずも、その願いが叶った今、コレクションを愛でる感覚は、以前とは違うものになっている。なにしろこれまで写真の中にいた本人が、自宅を頻繁に訪ねてくるようになっているのだ。

――寝姿のアップなど、以前ならば貴重すぎて問答無用で殿堂入りの一枚だったが。今は好きなだけ撮影できる。……むしろ撮影の時間がもったいない。直接目に焼き付ける時間のほうが有意義に感じてしまう。

家具のニスを塗り直したり、抜けた床板を修復したり、自分で掃除をすることも、珍しいことではなくなった。海里が屋敷に来たくなるような、快適な空間を作ることにも、ルカは楽しみを覚えるようになっていたからだ。

そしてなにより、海里本人の素肌を抱き、その甘露な血を味わう至福のひとときに比べたら、写真だけに熱中していた日々など虚(むな)しく思えてくる。

――あの肌の感触。腕の中に海里がいるときの充足感は、なにものにも代えがたい。傍にいれば心が安らぎ、抱けばたまらないほどの快感を与えてくれる。血も思っていたとおり……いやそれ以上の美味だった。薄ぼんやりした人間の味や、クセの強い同族の飲み飽きた血などとは違う。あれは……まさしく闇の世界の至高の美食だ。

思い出すうちに、ルカはうっとりとしてしまう。

――そして海里が俺に与えてくれたものは、それだけじゃない。

ひとりでぶらついたときには、大して感銘を受けなかった夜の森の美しさ。人間でいたころより、ずっとたくさん大きく瞬いて見える銀色の星。存在感を主張してくる巨大な青白い月。そして夜の生き物たちが生き生きと、溌剌として命を燃やしているのが、今のルカにははっきりと見てとれた。

「あんなに夜の散歩が、楽しいものだったとはな。……ひとりであの光景を眺めていたときには、美しいとは思いこそすれ、より強く人間ではない自分を感じ、孤独を覚えたものだった」

その上、各部屋は今やすっかり片付いて、埃や蜘蛛の巣は掃除され、ゴミやガラクタは処分され、薄汚れていた家具も建具もぴかぴかに磨かれていた。

海里が自宅に持ち帰って洗ってきたベッドのシーツや枕カバーは、柔軟剤のいい匂いがする。

家具もファブリックも、いずれも当然生きていない物体なのだが、それらがまるで活気や命を得たように、ルカには感じられていた。

ルカは立って行って額縁の前に立ち、写真の海里に静かな声で語りかける。

「海里。……お前は不思議なやつだ。俺と同じ、血を飲む化け物になったというのに、なぜかちっとも荒んだり穢れた様子がなく、いつまでも清潔感がある。美しいものに素直に感動し、働くことを厭わない。俺はかつて、暴力と恐怖で人を動かした。だが俺は今、お前が人だったときと変わらない、お前のままでいるというだけのことで、大きく自分の心を動かし続けている……」

心のうちを口にしたそのとき、人の気配が外から近づいてくるのを感じ、ルカはハッと我に返った。

ここだけは磨かなくていい、と指示した曇った窓に近づき、そっとカーテンの隙間から外を見ると、馴染みの三人が車から降り、すでに夕暮れだというのに黒いマントをすっぽりかぶり、こちらに向かってくるシルエットが見える。

「やれやれ。もうそんな時期か。海里と会うようになってから、時間が経つのが早く感じるようになったな」

ルカはそうひとりごちると、うるさく扉をノックされる前に、玄関へと向かったのだった。

「どうも最近お前の様子はおかしい。そう思っているのは、俺だけじゃないはずだ。どうだ、シルヴァーノ、エリア」

居間に入ってきた三人は、それぞれソファに腰を下ろすと、いきなりルカを詰問し始めた。といっても、もっぱら不服なのはバルドという、顎ひげを蓄えたふてぶてしい男だけのようで、他のふたりはどうでもいい、という表情をしている。

「なぜそんなことを言い出す。まさかストーカーまがいのことをして、俺を付け回していたのか」

自分のことは棚に上げて憤ったルカに、まさか、とバルドは鼻で笑った。

「この家の様子を見て、気が付かんほうがおかしいだろうが。あの写真に埋もれた奇妙な部屋の様子からして、無趣味で無感動のはずのお前が、あのガキにだけは並々ならぬ執着心を抱いていた。そんなことは、俺たちはとうの昔から知っている。その上にこの、室内の変わりようだ」

バルドは呆れたように、ぐるりと周囲を見回す。

「魔女でも出そうな古ぼけた屋敷から、埃も蜘蛛の巣も消え失せて、レストランでも開けそうな有様じゃないか。あのガキにしか興味のないお前がこうまでするなら、無関係とは思えん。ガキのために室内を整える。つまり、そういうことだろうが」

昔からバルドは一番攻撃的で、欲深い。常に自分を大きく見せ、威嚇（いかく）せずにはいられない性格をしていた。見た目も中身にたがわず、ごつい顔立ちで体格もいい。

四人はいずれも仲がいいというわけではなかったが、なにしろ仲間は、現在では国内にこの四人しかいないのだ。血液を融通し合うのも四人。つまり国内に吸血鬼の血液は、三種類の味しかないということになる。

　そのため、互いへの感情はともかく、仲間割れは避けたいというのが共通の認識だった。月に一度程度の頻度で、彼らはこうして会い、それぞれ自分で採血した血液を交換している。

「まあ、ルカはもともと変わりものだからな。この家、テレビもねえんだろ。俺なんか、ゲーム三昧(ざんまい)だってのに」

　言ったのは、長い銀色の髪を束ねたシルヴァーノだ。戦後から代々続く、とある政治家一族の庇護(ひご)のもと、何不自由なく現代的な暮らしを送っているらしい。戦後に闇で大きな商売をしていたとき、なにかとシルヴァーノが目をかけていた若者がのちに大臣となり、当時の恩に報いるべく、今も上手く付き合っているようだ。

「それはシルヴァーノが特異なのだろう。私も近代のガチャガチャした道具は嫌いだ」

　ぼそっと青白い顔でつぶやいた黒髪に眼鏡のエリアも、富豪一族の世話になっていると聞く。芸術家を多く輩出している一家で、本物の吸血鬼を傍に置くということに、大変なロマンを感じているらしい。

　まるでペットだな、とルカは思うが怒らせるのがわかっていて、わざわざ言葉にするほど馬鹿ではなかった。それにルカ自身も戦後まもなくこの屋敷を、そうした酔狂な富豪から譲り受けている。

バルドは、かつての財閥グループの戦後からの闇の部分などを知り尽くしているため、それらを脅しの材料にして、裕福な暮らしをしているという。

だが、いかに彼らが金を持っていようが、贅沢三昧ができようが、人間のようには高級レストランにも料亭にも行くことがない。

最上級の霜降り肉、最高の腕前の職人が握った寿司、国際大会で賞をとったパティシエのスイーツ、年代物の希少で高価なワイン。

いずれもルカたちにとってはなんの魅力もない、ゴミにも等しい物体だ。彼ら四人の口に入るものは、極めて限定されている。

不味い動物の血か、あまり美味くなく危険を冒さなければ手に入らない人間の血、そしてそれなりに美味いと思える同族の血。

とてもそれだけでは満足できない、と昔から激しく主張しているのがバルドだった。

「お前らの暮らしぶりなど、どうでもいい。問題なのは新たに智野見のガキが、鬼になったということだ。そしてその事実に我々が気が付くまで、ルカは報告しなかった。あの一族に仲間がなにをされたのか、忘れたわけじゃないだろう」

拳を振り回して力説するバルドを、ルカはフンと鼻で笑った。

「よく覚えているとも。先に手を出したのがこちらで、中でも最初に襲い掛かったのがバルド、お前だということもな」

なにを、とバルドはいかつい顔を赤くする。

「連中の味を知ったのは、俺のおかげでもある、ということだろうが」

「そりゃそうだけど、おかげでこっちも随分と殺されちまったじゃねえか。向こうだって当時のことを知ってる鬼は、二、三匹だろ」

シルヴァーノは日頃から、あまりバルドに好感を持っていないらしく、棘のある物言いをする。バルドは開き直ったように言い返した。

「ああ、そうだ。俺たちにとって智野見はご馳走だが、それはあいつらにとってもそうだったからな。言ってみれば、俺たちの、唯一の天敵だ」

「しかし、バルド」

エリアが眼鏡の鼻当てを、くいと押し上げて言う。

「現在、彼らで鬼となっているものたちは、もともとおとなしく戦いに加わらなかったものばかりだ。極めてひっそりと隠れるようにして暮らしている。新たに一匹加わった程度で、さほど目くじらを立てて警戒する必要はないと思う。ただ、ルカが報告を怠ったことについては、問題だと思うが」

「確かに報告が遅れた。それは悪かった」

ルカは謝罪の言葉を口にする。

「だがエリアの言うとおり、警戒の必要などないと思ったからだ。花峰海里は偶然に他人の血を口にしてしまったものの、完全に偶発的な事故だったと、俺は現場を見て知っている。智野見の一族が戦力として、鬼にしたわけではない」

なにごともないままであれば、二十歳を迎える直前に、強引に手を下して海里を鬼として目覚めさせるつもりだったことは、当然秘したままルカは言う。

シルヴァーノは長い指を、腹の上で組み合わせて疑問を口にした。

「本人に、先祖が殺されたことに対する、俺たちへの恨みはないのか？」

「そもそも、彼は智野見の一族についての知識さえ与えられずに育てられていた。我々についても同様だし、争っていた経緯も知らんから恨みようがない。そして」

ルカは言葉を切り、目を閉じた。瞼の裏に、頼んでもいないのにせっせと床の拭き掃除をする、海里の姿が浮かぶ。

「あいつには……花峰海里には、まったく攻撃的なところがない。穏やかで、優しい」

「大事なのはそこじゃない！　わかっているだろう、ルカ！」

バルドはルカの言葉を遮り、立ち上がる。

「人格も経緯も二の次だ。重要なのは……味だ！　美味いか、不味いか、それがなにより重要なんだ！　貴様は俺たちに黙って、ひとりで智野見の血を味わったんだろう。どうだった。美味かったか？　十段階評価でどれくらいだ」

それはもう、十点満点を突き抜けて、天上にきらめく星々と地上の金銀財宝を液体にしたような素晴らしい美味さ、というのが正直な感想だったが、事実を伝える気はルカにはない。

このバルドという男は貪欲で、加減というものを知らなかった。美味いと思えば我を忘れて際限なく、相手が弱って死ぬのも構わず、血をすすり続けるのを幾度も目にした。海里に目を付けられることは、絶対に避けたい。

「まあ、智野見の一族としては、下の中くらいかな。四……いや、三点というところだ」

「……本当か？　好みもあるだろうが」

「俺はそれなら別にいらねえな。今ひとつの智野見の血なら、ルカの血のほうが美味いだろう」

　シルヴァーノが顔をしかめて言ったが、バルドは信用しないようだった。

「信じられんな。ルカ貴様、独り占めしようとしているんじゃないだろうな」

　バルドは疑わしい目でルカを睨む。

「ともかく、味見くらいさせろ！　なにも殺そうというのじゃない。美味かったら家畜にするべく、監禁するべきだ！　ルカ、お前はなにか勘違いをしている！　あれは敵だとわかっているのか？」

　激高(げっこう)したバルドと言い争いを続けるうちに、ルカは背後の気配に気が付いた。

　ドアを開けると案の定、怯えたリスのような目をした海里が、不安そうに佇んでいる。

　その瞬間、ルカの心に、これまで感じたこともないような不安と、強烈な庇護欲が芽生えた。もし今の会話を聞かれていたら、嫌われる。ここしばらくの、海里との穏やかな日々が失われてしまう。

　そしてこの目覚めたばかりの可憐な鬼を、なんとしてでも守ってやりたい。それは自分の使命のようにも思えた。だが追い打ちをかけるように、バルドが濁声(だみごえ)で喚(わめ)く。

「いい加減、茶番はやめろルカ！　監視義務を怠るならそいつを寄越せ。これからはこっちでやる！」

「バルド貴様、なにを勝手な……海里！」

手を伸ばして呼んだが、海里は振り返りもしないで駆けていく。自分から逃げていく後ろ姿を見つめながら、ルカは目の前が暗くなるほどの喪失感を覚えていた。

そんなルカの気持ちにはお構いなしに、しつこいバルドが忌々しそうに言う。

「逃げられてしまったのか？　なぜ捕まえなかった、ルカ。お前ばかりあのガキを味わうなんて、ずるいぞ！」

結局のところ、バルドが怒っているのはその一点に過ぎない。自分も美味い血を口にしたくてたまらないのだ。

「やつの棲み処はわかっているんだろう、教えろ。……なあ、ルカ、聞いてくれ」

バルドは今にも涎を垂らしそうになりながら、怒鳴るばかりではルカの心は変わらないと思ったのか、今度は下手に出て懇願してきた。

「お前が智野見の一族の血を独り占めしたら、争いの種になるのは当たり前じゃないか。それくらいはわかるだろう？　全員で平等に、順番に分ける。それが不服だと言うのか？」

そうだな、とエリアも真面目くさった顔で同意する。

「バルドのその言い分も一部は正しい。私も、仲間割れはしたくない」

シルヴァーノも、それはそうだという顔で、うなずいている。

ルカとしても、彼らの言い分を理解できるところもあるが、バルドはどうにも信用できない。海里の味を知られたら、それこそ独り占めするべく連れ去って監禁した挙句、干からびるまで血を吸いかねない。

「……現在、智野見の一族の未成年者は、他にもいる」

黙ってしまったルカを説得するようにエリアが続けた。

「それぞれ我々の監視下にいるが、それは監視していたものが、その個体に権利を持つということではない。あくまでも、私たちの脅威(きょうい)となるかどうかという意味での監視だ。そこに関しては、バルドの言うとおりだろう。だが、彼らが鬼として目覚めたとしても、こちらに敵対する様子がなければ接触はしないし、争うつもりもないと私は思っている」

「つまりなあ、ルカ。お前が抜け駆けして、あのガキと接触して血を吸ってなきゃ、バルドも我慢できたんたんだろ。お前が食うなら、俺らにも食わせろってことだ」

上品な顔立ちに反して、口の悪いシルヴァーノが言うと、バルドもエリアもうなずいた。

ルカは眉間に皺を寄せ、溜め息をつく。彼らの言い分に筋が通っていることは、内心わかっていたからだ。

――だが、その要望は聞き入れられない。絶対にだ。バルドが危険だというだけじゃない。あいつの……海里の血は、俺だけのものだ。血だけではない。髪の毛一本、爪の先、あの笑顔も涙も、他の誰にも見せるものか。俺だけの、生涯ただひとりの……。

三人を睨むようにして、思いを心の中で言葉にしていたルカは、ますます眉間の皺を深くしていく。

——俺は……ここまで海里への想いを強くしていたのか。

自分でも驚いて、ルカは椅子に座り、額を押さえる。

ひどく深刻なルカの様子に、バルドでさえも声を出さず、こちらをじっと注視するだけだ。

——俺はずっと成長を見守りつつ、海里に鬼と化して欲しかった。念願叶って、向こうから近づいてきたときには、思わず神に感謝したくなったくらいだ。その血を口にし、身体を手中にしたときには、震えるほどの充足感があった。だが、それですべて満足したわけじゃない。独占欲。執着心。庇護欲。海里との距離が縮まるほど、すべてが以前より大きく、強くなっている。……時間が許す限り傍にいたい。味わいたいし、触れ合いたい。あいつを傷つけるものは誰であろうと許せない。

考えるうちに、ますます自分の思いが尋常ではない方向に突っ走っていくように感じて、ルカはうろたえる。

——これは、なんだ。この……重くどろどろとした蜜のような、甘酸っぱい血液が全身を巡る感覚は。海里のことを思うと、血液の温度が一瞬にして、凍ったり沸騰したりするようだ。……まさか、これが……そうなのか？　人ならざるものとしての生を受け、人間であればとうに寿命の尽きている年齢になったという今になって。……俺は海里に。

恋をしているのか、と心の中で言葉にした瞬間、頭の中で教会の鐘が荘厳に鳴り響くのを、ルカは聞いた。

思えば監視というより、ストーカーの域に達していたときに、すでにルカの気持ちは固まっていたのかもしれない。

「なあ、ルカ。もういいだろう」

焦れたように、バルドが沈黙を破った。

「あの青年を、家畜にしよう。全員で、平等に飼う。それで問題ないじゃないか」

「駄目だ！」

反射的に自分でも驚くほど、激しい怒りのこもった大声が出た。

「駄目だ、絶対に許さん！　たとえ髪の毛一本でも、あいつに手を出すやつがいたら、俺がそいつを殺す！」

† † †

雨の中を走って帰った海里は、父親が帰宅する前に風呂場のシャワーで暖まり、着替えをして自分の部屋へと入った。

このところ、ずっとルカと一緒に夜を過ごしてきたので、時間が経つのがとても早かったように思う。身体を壊したという理由で、父親に手続きをしてもらって退学した大学とアルバイトの日々が、はるか遠い昔のことのように思われた。

ルカの屋敷に通うようになってから、父親の夕飯はすでに作ってあって、帰宅したらレンジで温めるだけで、食べられるようにしてある。

「……そういえば、自分ちの掃除は、前よりおろそかになってるかも。父さんが帰るまで、風呂掃除でもしようかな」

部屋でぼんやりしていると、どんどん気持ちが塞いでくる。身体を動かしていたほうが少しはましだと、海里は風呂掃除を始めたのだが。

――いったいなんなんだよ、あの三人。なんで俺が敵なんだよ。…ルカは俺に……嘘をついてたのか？

悔しさに海里は唇を噛み、自棄になったようにゴシゴシと、バスタブを擦った。

――屋敷に入れていた知り合いってことは、多分あの三人は、ルカの仲間の吸血鬼なんだろうな。どこかみんな、雰囲気が似てたし。……監視報告、義務、って誰かが言ってた。それが……ルカが俺をストーカーして、観察していた理由だったのか。

はあ、と重苦しい溜め息をつき、海里は水を入れていないバスタブの中で、スポンジを握ってしゃがみ込んだまま、動く気力を失くしてしまっていた。

――そうだよな。俺なんかに執着するなんて、おかしいと思ってたんだ。だけどそれじゃあ、一緒にいて楽しそうにしていたことも、全部嘘だったんだろうか。

海里はいつの間にか、ルカの傍にいることに、抵抗がなくなっていた。

絶世の美貌と永遠の命を持ってはいるが、とてつもない孤独を感じさせるルカに、自分が必要とされている、そんなふうに思い込んでしまっていたからだ。

とんでもない勘違いをして、自惚れていたんだな、と海里は苦く笑った。

「でも、まったく不必要ってわけではないのかも。……食材としては」

虚しさに海里は、何度目かの大きな溜め息をつく。だが、今ならすべて、ルカの行動が別の意味を持っていると思い起こされる。

大切そうに扱うのも、優しくしてくれたのも、要するに大事な食材に対してのものだったに違いない。逃げられても困るだろうし、雑に扱って味を落とすわけにもいかなかったのだろう。

だが人の身体でなくなり、鬼として目覚めてからの日々が辛いものでなかったのは、ルカのおかげに他ならない。

——思わず逃げ出してしまったから、もしかしたら、俺がいろいろ勝手に思い込んでいるだけかもしれない。あのとき一瞬、待て、ってルカは言ったし。だからもう一度会って、説明を聞きたいけど……本当に、義務で監視していただけだ、って言われたら。そうしたら俺は、どうしよう……。

海里は父親が帰宅するまで、空っぽのバスタブの中で丸く縮こまるようにして、鬱々と沈み込んでいたのだった。

雇い主が旅行するため、今夜はアルバイトを休む、と告げると、帰宅した父親の里史は、あっさりとそれを信じてくれた。

　ルカのもとに通うようになってからは、日が暮れると海里がさっさと出かけてしまい、ひとりで夕飯を食べることが多かったせいか、里史は一緒にいることが嬉しそうだった。

「しかしお前、あまり板チョコを食ってないな。俺ひとりで夕飯を食うのもなんだから、食べたらどうだ」

　板チョコというのは、親戚が送ってくれた乾燥血液のことだ。

　それしか空腹を紛らわす手段がなければ食べるのだが、ルカの血の味を覚えてしまった今となっては、とても口にする気がしない。

「食べてるよ。でも、一か月にひとかけらくらいで、充分だから」

　言いながら海里は、座卓で海里の手作りハンバーグをおかずに夕飯を食べている里史の、正面に座ってお茶を淹れる。

「一か月にひとかけら。それっぽっちで本当にいいのか。燃費がいい身体なんだなあ」

「うん。食費がかからないから経済的だよね」

　明るく返す海里に、里史は安心したような笑みを見せる。

「……正直、お前が智野見の一族なんてのになっちまって、苦しむんじゃないかと心配してたんだが。どうやら落ち着いたようで、ホッとしたよ」

「やっと俺も、慣れてきたみたい。要するに昼は寝て、夜に活動すればいいだけだし。なんとかなるよ」

そう笑顔で言いながら、海里は父親に隠し事をしている自分に、罪悪感を覚えていた。

そして里史が眠ると、海里はまたもひとり自室で、先々ずっと傍にいると思っていたルカが、今後はもう自分の世界からはいなくなるかもしれないと考え、長い夜を過ごしたのだった。


日の出の前に里史の朝食とお弁当を用意すると、海里はベッドに入り、里史が薄かった前のものから替えてくれた遮光カーテンを閉めて眠りにつく。

なんだか嫌な夢を見て何度も目を覚まし、壁の時計を見てまだ太陽が支配する時刻だと知ると、再び目を閉じてまた悪夢を見ることを繰り返した。

——なんでこんなに、暗い気分なんだろう……。ああ、そっか。ルカが俺のストーカーをしてたのは、監視の義務があるから、っていうのを聞いちゃったんだっけ。

眠りから覚醒して、ルカとその仲間との会話を思い出すたびに、胃の奥が重くなるような辛さを感じる。

ようやく日が暮れた時刻になって起き出した海里は、溜め息をついて洗顔を済ませ、買い置きしてある食材で、里史の夕飯の支度にとりかかった。

それが終わるといつもであれば、すぐにルカの屋敷へと向かうのだが、さすがに今日はその気になれない。喧嘩をしたわけではないがひどく気まずいし、まだあの仲間がいるとしたら、行くことが怖かった。

けれど一方で、会いたい気持ちもある。

——咄嗟に逃げた俺が悪いけど、ルカの真意をきちんと聞くべきだった。少しくらいは……俺と一緒にいることに、監視の義務以外の意味があったのかどうか。

海里の頭の中は、もうずっとルカのことだけでいっぱいになっていて、自分でも嫌になってしまうくらいだ。

話し相手がいたほうが気が紛れるので、早く里史に帰宅して欲しいのだが、今日は少し遅いらしい。

そのため海里の憂鬱（ゆううつ）さに拍車がかかったとき、待ちわびていたインターホンが鳴った。

「おかえり、父さん！　……って、あれ？」

父親の背後に、人の気配を感じて海里は驚く。お客さん？　と小声で尋ねると、里史はうなずいた。

「急に連絡が来てな。遠縁にあたる方々だ。駅で俺を待っていてくれたらしいんだが」

それはもしかして、小さな集落で暮らしているという、智野見の一族の人たちということだろうか。

「あ、あの。スリッパとかないんですけど、どうぞ上がってください」

言ってくれていればそのつもりで準備したのに、と慌てて海里は挨拶も早々に切り上げて、居間に駆け戻る。座卓に支度していた里史の夕飯の茶碗などを、台所に片付けなくてはと思ったからだ。

　里史に続いて入ってきたのはふたりの男性で、年齢は三十代といったところだろう。ふたりとも地味だがこざっぱりとした服装をしていて、海里をそっと検分するように眺めてくる視線を感じた。

　お茶を淹れ、居間に戻ると、里史が改めてそれぞれを紹介する。

「そこに座りなさい、海里。こちらが花峰裕介さん、こちらが和弘さんだ」

「……海里です。初めまして」

　座卓を囲んで座った同じ苗字の親戚ふたりに、海里はぺこりと頭を下げた。ふたりもこちらに挨拶を返すと、神妙な面持ちで海里をしげしげと眺める。

「……失礼だが海里くんは、見たところ、人間となにも変わりないように思えるな」

「うん。とても鬼とは思えない。まあ、私の祖父なんかもそうなんだが。ただし、怒ったりするとやはり、人とは異質な恐ろしさがあると父が言っていたな」

　口々に言うふたりは、痩せていて少し垂れぎみの目をしており、どこか面差しが似ていた。里史とも、顔の輪郭や背丈、雰囲気など、なんとなく共通するものを感じる。

　一族の中でしか、子供を持つことは許されないと言っていたから、それは当然なのかもしれなかった。

「そうだ。板チョコ……じゃない、乾燥血液を送ってくださって、ありがとうございました。おかげで助かってます」

思い出して海里は礼を言ったのだが、親戚ふたりは眉を寄せ、顔を見合わせた。

「海里くん。実は今日はそのことで話があって、やって来たんだ。……きみは、他から血液を入手しているんじゃないのか？」

えっ？　と大きな声を出したのは海里ではなく、里史だった。

「そんなはずはないでしょう。いったい、誰が海里に血をくれるって言うんですか」

「今日こちらを訪ねたのは、そのことについてなんです」

裕介が言い、海里はまさかルカのことがバレているのでは、という思いに、顔が強張るのを感じた。

「俺は……他からなんて……」

「もらっていないと言うのかい？　しかし昨日、日が暮れてから、我々の集落に男が訪ねてきたんだ。大柄の外国人で、バルドと名乗った。彼が言うには、智野見の一族の花峰海里が鬼として覚醒し、吸血鬼である仲間の血液を口にしている。その行為をやめさせなければ、この集落を襲う、と警告してきたんだよ」

「待ってくれ。いったいなんの話をしているんだ。海里、どういうことなんだ？」

裕介たちの話も衝撃的だったが、動揺している里史を見ることが、海里は辛くてたまらない。父親の信頼を、自分は裏切ったのだ。

「ご……ごめんなさい、父さん。俺、嘘をついてた……」

「本当なのか？　……もしかしてアルバイトというのは、きゅ……吸血鬼のところに行っていたってことか？　どうして父さんに隠していたんだ、海里！」

「屋敷の雑用をしていたっていうのは、本当なんだ。ただ、その人のことを詳しく教えなかったのは、つまり」

　どこまでルカとの関係を話せばいいのだろう、と海里は口ごもる。まして、里史だけならともかく、初対面の親戚たちの前で、催淫作用からのルカとの関係は話しにくい。

「屋敷っていうのは、前に話してくれたあそこだろう？　林の中の、古くて大きな」

「そう。子供のころ、散歩で通りかかったこともある幽霊屋敷だよ」

「おふたりで会話を進めるのは、待ってくれませんか」

　静かな声で、裕介が遮った。

「あなた方、親子間での話は、我々が帰宅してからゆっくり話してください。それに里史さん。あなたも、渡来した吸血鬼と我々の一族との経緯を、あまり詳しく知らないのではないですか？」

　そうです、とおとなしく里史は自重する。

「す、すみません、取り乱してしまって。確かに私は、吸血鬼とのいざこざについてはあまり……親から昔話としては聞いたことがありますが、実感が湧かず……もしかしたらもう日本にはいないのでは、と思っていました」

　裕介は、苦々しい顔で首を横に振る。

「残念ながらいるのです。そして、はるか昔に取り決められたルールのもとに、我々とは距離をとって暮らしてきた」

　海里くん、とふたりの親戚は、深刻な顔でこちらを見て言う。

「私たちと彼らがその昔、殺し合っていたことは知っているかい？」

　海里は驚いて、目を丸くする。

「殺し合い……？　い、いいえ。……お互いに、相手の血が美味しいってことは、聞きましたけど」

　海里の言葉に裕介も和弘も、どこか引いたような顔つきになる。それは海里のことを人間ではない、血を味わう鬼として、改めて認識したからかもしれなかった。

「そうだな。我々の血は……特に鬼と化してからは美味いらしい。戦後まもなく、彼らに私たちの集落の女性が襲われて、血を吸われた。……以来、繰り返し襲撃にあって、多くの智野見の一族が命を落としたのだ」

　てっきり、ルカと海里のように、体調に支障が出ない程度に血を交換していたと思っていた海里は、さらに驚く。

「襲われて死ぬまで血を吸われた、っていうことですか？」

　そうだ、と和弘が重々しくうなずいた。

「それも何十人もだ。そのうちに犯人が特定できると、このまま一方的に捕食されるなど冗談ではない、と鬼として覚醒していたものたちが立ち上がり、反撃に出た。……きみはまだ、違うようだが」

　和弘は海里を、改めてしげしげと見る。

「鬼と化した一族は、激しい怒りや衝撃があると、戦鬼としての姿になる。瞳は赤く、角も生え、牙も伸びる……俊敏さも力も、人間のときよりずっと大きなものとなる。戦鬼と化したものたちによって、今度はこちらが彼らの血の美味さを知ってしまったんだよ。そして互いが互いを襲い、美味い血を貪り合って、どちらもどんどん人数を減らしてしまったんだ」

　話を聞きながら、あのときルカの仲間が言っていた『敵』という意味を、ようやく海里は理解していた。

「しかし当然だが、このままでは共倒れになる。そう考えた我々とやつらの間で、和解が成立したらしい。当時の誓約書が、本家にこうして残っている」

　裕介が言って鞄から、黄ばんだ巻紙を取り出した。紫色の房のついた紐をほどき、くるくると広げると、そこには確かに日本語と英語のサイン、契約の内容、そして血判が押されている。だが達筆な筆書きと、英語の筆記体で書かれた文章は、海里にはよくわからない。

　それでも神妙に黄ばんだ紙を見つめている海里に、裕介が説明した。

「契約の内容は、簡単に言うとこうだ。互いに距離をとり、接触を図らぬこと。互いの血は口にせぬこと。智野見の一族は、今後できうる限り鬼を覚醒させぬこと。互いの情報は人間に漏らさぬこと。……二度と殺し合うことのないように、と考えられた取り決めだ」

「だけど、俺はそんなこと……知らなくて」

　呆然と海里がつぶやくと、庇うように里史が口を開いた。

「そ、そうなんです。教えていないというより、私すらきちんとは知らなかった。この二十年以上、なにごともなく人の社会で凡庸に暮らしてきましたし、海里は問題なく二十歳を迎え、人として暮らしてゆくとばかり思い込んでいたものですから。だから海里がなにも知らずに吸血鬼と接触したというのも、すっかり油断し切っていた私の不注意です」

違う、と海里は必死に、渋い顔をしている親戚ふたりに説明する。

「父さんにはなんの責任もありません。他人の血を口にしないようにというのも、子供のころから厳しく言われてきました。偶然なんです。俺の口に、人の血が入ってしまったのも、ルカと会ったのも」

「――ルカ。そう、我々のもとにやって来たバルドと名乗る吸血鬼も、その男の名前を口にしていた」

裕介は困惑した声で言う。

「その男と、二度と会わないと約束して欲しいんだ。向こうの要望は、幸いにもそれだけだったよ。……できるよね、海里くん」

海里は思いがけない宣告に、咄嗟に返事ができなかった。

嫌だ、という激しい拒絶が心の中で生まれる。次いで、なぜこんなに嫌なのかと、海里は自分でも自分の気持ちが不思議になった。

――もちろん、この人たちに迷惑をかけたくない。だけど……ルカは鬼になった俺のことを理解してくれる、唯一の相手なんだ。世界中のどこにも、他に代わりはいないんだ。だから二度と会えないなんてそんなの、簡単には受け入れられない……！

そこまで考えて、えっ、と海里は咄嗟に自分の口を、右手で押さえた。

――なんだろう……なんで俺、こんなに動揺してるんだ？　まさか。……違うよな。俺がルカを、好きになってるとかそんなことは。

けれど、好きだ、と心の中で言葉にした瞬間、ドキーン、とひときわ大きく胸が高鳴った。

……嘘だ……吸血鬼相手に……第一、ルカは男じゃないか。そりゃ、あれこれされたけど、それは催淫作用のせいで。……でも、そうだ、それなら理由がわかる、嘘をつかれたと思って、監視義務だったんだと知って、俺があんなにショックを受けたのは。ルカを特別な存在だと思ってたから……恋してたからなんだ。

呆然とし、沈黙してしまった海里に、できるよね？　と苛立ったように裕介は繰り返す。

自覚したばかりの恋心にうろたえている海里は、すぐに返事ができない。

「あ……。それは……でも」

「なぜはっきりと約束してくれないんだ？　我々の集落には、子供もいる。彼らと戦いたくはないんだ。わかるだろ？」

だけど、と海里は食い下がった。

「お、俺と彼が会うと、なぜあなた方が襲撃を受けるのか、その理由がわからない。バルドという人は、なぜそんなことをすると言っていたんですか」

「吸血鬼の彼らも、一枚岩ではないんだよ」

　というのが、裕介と和弘の見解だった。

「彼らのグループ内で、ルカというその男だけが智野見の一族と接触して血を分け合うことが、面白くないものもいるんだろう。相当に揉めて、仲間割れしそうなのだという話だった」

「彼らも人数はかなり少ないはずだ。そんな少人数で仲間同士で戦ったら、種族の存亡を招いてしまう。原因を排除したいのは当然だろう」

　──仲間割れ……あのとき、ルカの屋敷にいた人たちだろうか。

　海里は思い至って、口をつぐむ。そんな海里に、裕介はきっぱりと言う。

「つまりきみは、彼らの揉め事の種になってしまっているんだ。そしてその火の粉が、我々の集落に降りかかってきている。まずそれを自覚してくれ」

　なあ海里、と里史が必死な面持ちで訴えてくる。

「経緯は理解しただろう？　お前に悪気はなかった。そんなことは、父さんもわかってる。どんなきっかけで知り合ったかは知らんが、人間じゃなくなっちまった事情を抱えたもの同士、友達になったのかもしれない。……だが、ここはみんなのために、もうそのルカという男と会わないと約束してくれないか」

　親戚たちの話は、理解できた。なぜ自分がルカと会ってはいけないのかも、よくわかった。

「わ、わかり、ました。一族のみなさんにご迷惑をかけるようなことは、しません」

　海里の了承の言葉に、里史が安堵の溜め息をつくのが聞こえ、親戚たちの顔付きも明るいものになる。

だがまだ海里はルカとの関係を絶つことを、受け入れられずにいた。

――ルカはどうして、智野見の一族とかつて敵対していたことを、俺に隠していたんだろう。……嘘をつかれていたことはショックだったけど、俺のせいで、ルカが仲間たちと揉めていたなんて……。

やがて親戚たちが帰ってからも、海里はまともに里史の目を見られなかった。それは海里が心の奥で、ルカとの別れが永遠のものだとは、どうしても思いたくなかったからだった。


親戚たちとの話し合いから数日。

ルカのことを案ずる気持ちと、会いに行けば一族や父親に迷惑がかかるのではないかという葛藤を抱え、海里は悶々とした日々を送っていた。ルカに会えない時間が長くなるほど、会いたい気持ちは強くなっている。

夜になるとカーテンをそっと開き、初めてルカの存在を知ったときのことを思い出した。

今はそこに誰もいないことを確認して、海里はうなだれる。

昼間のベッドの中でも、里史が眠ってしまってからの深夜でも、常にルカのことばかりが頭に浮かんだ。

怖いほどに完璧なルックスのわりに、少しうっかりなところもあること。普段は鋭い目が、自分に向けられたときは、子猫を見守る親猫のように優しいこと。

そして抱き締めて、愛撫してくるときの器用な指先。ぴったりと密着した皮膚。白い首筋や素肌に漂う、これまで知っているどんなものより馨しい芳香。

あの一緒に過ごしたことで得たものが、すべて手のひらから零れ落ちて無くなってしまったのだとは、考えたくない。

今夜の窓の外は曇っていて、空には星も月も見えなかった。

――ルカ。仲間たちと、ずっと喧嘩しているんだろうか。昔からルカを知っている数少ない、生き残りの人たちなんだろうに。

ルカのために、なにかできることはないだろうか、と海里は必死に考える。

――だって理由はわからないけれど、ルカはルールを破って、仲間に嘘をついてまで、俺と接触していたみたいだ。……その結果、仲間たちと揉めているんだとしたら……俺は昔の一族と違って敵なんかじゃないし、戦うつもりも反抗するつもりもない、ルカはなにも悪くないって、仲間の人たちに教えたい。それに俺が直接バルドとかいう人に会って、文句も不満も受け止めれば、一族を襲うなんてことをさせずに済むかもしれないじゃないか。

それにそうすれば、せめてもう一度はルカと会える、と海里は考えた。

深夜の一時、里史の寝入りばなを狙って、そっと家を出ることにする。

空気は重く湿っていて、薄手のダウンジャケットでは寒いくらいだ。

海里の足は屋敷に近づくにつれ、だんだんと速くなる。通い慣れ、ルカと何度も並んで歩いた道には、楽しい思い出が多い。

――父さん、内緒で出かけてごめん。でもこれで丸く収まったら、一族の人たちにも迷惑がかからないと思うんだ。

海里が草むらを走ると、そのあとを追うかのように、青白い光が周囲に舞った。ひらひらとついてくる、炎の鱗粉をまき散らす蝶もいる。けれど今の海里には、それらの美しさに見惚れている心の余裕がない。

間もなく木立の間に、懐かしい屋敷が見えてくる。と、二階の窓のカーテンが、一瞬揺らいだのを感じた。

――ルカ？

もしかしたら、こちらの気配に気が付いたのかもしれない。ドキン、と胸が高鳴った。

恋心を自覚したばかりの海里の口元は、無意識にほころんで、笑顔になりかける。その目の前で、玄関の扉が開いたのだが。

ルカ、と呼ぼうとした海里の唇が、その形のままになり足も止まる。

こちらに近づいてきたルカは、明らかに怒ったような、険しい表情をしていたからだ。

つかつかと歩み寄ってきたルカは、海里の前でぴたりと止まり、威圧的にこちらを見下ろしてくる。

「なぜ来た、花峰海里。一族のものたちから、我々と智野見の一族との話は聞いたんだろう」

「あ、うん。でも、あの……。俺。敵対なんてするつもりはないし、誤解だと思って、それで」

「誤解などない。お前は俺たちの会話を耳にしたんだろうが」

　ルカは下等動物でも見るような、初めて海里に見せる、氷のように冷たい目をしていた。そして口調も、どこか馬鹿にするような冷淡さを秘めている。

「もう今となっては隠しても仕方ないから言うが、お前はただ、餌だったというだけだ。俺だけで喰らいたいから近づいたが、仲間にバレた。そうなると今後は、手は出せない。つまりお前は、用無しだ」

　海里は一瞬、なにを言われているのかわからなかった。ルカが自分に、こんな冷酷なことを言うわけがない。

「……待って、ルカ。仲間たちに、俺を監視して、報告する義務があったのはわかった。でも、俺は……一緒にいることが、楽しいと思うようになってた。……ルカは？　違うの？」

　必死な思いで尋ねるが、ルカは目を逸らしてなにも答えない。海里はなおも言う。

「……仲間と揉めているのは、俺が原因なんでしょう？　だったら、一族を襲うなんて遠回しなことはしないで、俺が直に、その怒っている人に会います。血が欲しいなら、俺はそれでもいい」

　その提案に、ルカは顔色を変えた。

「なにを言っている。そんなことは絶対に駄目だ！」

　にべもなく拒否されて、海里は呆然とする。きっと和解できる、と膨らんでいた期待は急速に萎（しぼ）み、胸の奥が冷えていくのを感じた。

「ど、どうしてですか。量がそんなに多くなければ、人間みたいに、簡単には死なないんだし」

「ことはそれでは済まなくなるから、言っているんだ！　……もういい、遊びは終わりだ。まあ、お前の血は美味かったし、お前もそれなりに楽しんだだろう？」

「終わりって……そんな、納得できません。だって、ずっと、あの家で、掃除をしていればいいって、言ったじゃないですか」

　腹が立つのと悲しいのとで、言葉がすらすらと出てきてくれない。そんな海里に、ルカは追い打ちをかけるように言う。

「あのときはな。しかし今は違う、事情が変わった。さっさと帰れ」

「……ルカ。俺、ずっと考えてたんです。この前は逃げてしまったけど、ちゃんと伝えようって。俺は、あなたと」

　海里が言い終える前に、ルカはさっとこちらに背を向けた。

「話などない。食えなくなった餌に、興味はないと言っているんだ。二度と来るな」

あまりにひどい言葉だった。海里は身体が竦んだようになってしまい、もう言葉が出てこない。

　突っ立っている海里をよそに、ルカは玄関の扉をバタン！　と乱暴に閉めて屋敷の中に

入ってしまった。

それはルカが、こちらに対して完全に心を閉ざしてしまったように、海里には思えた。

ザアッ、と強い風が吹き、枯れ葉が林の中で舞う。

——これ以上考えられないくらい、最悪の言葉を聞いてしまった気がする。用無しで、話をする必要もない、食えなくなった餌……それが、ルカにとっての俺なのか。

そう考えると胸の温まるようなルカとの思い出が、いっせいに色褪(あ)せ、楽しかったことほど逆に辛い記憶と化していく。

しばらく海里は打ちのめされた気分で、しばらくそこに佇んでいた。また先刻のように一瞬、窓のカーテンがゆらりと動いた気がしたが、もしルカが見ていたのだとしても、心の中で海里を罵(ののし)っているかもしれない。

「……しつこくすると、余計に嫌われるから。……帰ろう」

自分に言い聞かせるように言葉に出すと、海里の頬にぽろぽろと涙が零れた。

手の甲でそれを拭いながら、海里はふらりと歩き出す。

——失恋って、こんなに苦しいものだったんだ……。

声を上げて泣きそうになるのを、海里は唇を噛んで懸命に堪えた。うぐ、と時折喉を詰まらせながら、とぼとぼと家への道を歩く。

もう少しで林道を抜ける、というとき、海里はびくっとして立ち止まった。

背後に、何者かの気配を感じたからだ。

——まさか。

追って来てくれたのか、と喜びに胸をときめかせ、急いで涙を拭って振り向いた海里だったが、木立の陰から出てきたのは、ルカとは違うシルエットだった。髪が長く、ダークグレイのロングコートを着ていて、ルカよりはひと回り小柄で細い。

「……花峰海里くん、だったよな。少し俺と話をしよう」

いったい何者だろう、と服の袖でまだ濡れている頬を擦りながら見つめる海里に、男は皮肉そうな笑みを見せた。

「俺はシルヴァーノ。ルカの仲間だ。この前、ちらっとだけ屋敷の中で顔を見ただろ」

言われてみれば、銀髪と目立つ華やかな顔立ちには見覚えがあった。

「は、はい。なんとなくですが、覚えています。俺に、なにか……？」

「うん。いろいろと俺たちの事情が混み入ってるのは、あんたもわかってると思うけど」

信用して大丈夫だろうか、と警戒する海里に、シルヴァーノはポケットから、小さなガラスの瓶を出して振ってみせる。

「心配しなくても、あんたの血は吸わねえよ。仲間と交換して、飲んだばっかりだからな。……これはエリアの血が入ってたやつだけど、空っぽだろ。月に一回、一瓶も飲めば充分なんだ。あんたも血を吸う鬼ならわかるよな」

それは、香水の瓶のように金の縁取りがあり、美しい模様が刻まれていて、尖った水晶のような蓋がされている薄青いガラス瓶だった。確かに、中は空のように見える。

「それで、俺に話ってなんですか？」

まだ少し身構えつつ、海里は問う。ルカだけでなく、彼ら全員が、自分を敵と認識していると思っていたからだ。

シルヴァーノは、そんなこちらの心配もわかっていたらしい。

「まず言っておくが、俺は別に、あんたを敵とは思っていない。それにルカとあんたの関係にも、とやかく口を出すつもりはない」

「……そうなんですか？」

意外に思う海里に、シルヴァーノはうなずく。

「この国内で生き残っている仲間は、全部で四人しかいねえんだ。だからできれば円満にやっていきたかった。ルカに腹を立ててるのがバルドってやつなんだが……どうしてもあのふたりがやり合うってんなら、俺はバルドよりルカの肩を持つ」

どうして？　と首を傾げる海里に、ごく簡単にシルヴァーノは言った。

「バルドの血より、ルカの血のほうが美味いからだ」

「……美味い？　理由はそれだけですか？」

「当たり前だろ。まだ鬼になりたてだと、ぴんとこねえのかもしれねえけど」

シルヴァーノは瓶をポケットにしまうと、背後の大木に寄りかかって続ける。

「定期的に口にすることができて、それなりに美味い食い物が、世の中に三種類しかねえんだぞ。仲間を増やすってのも、条件に合うやつを探すのが難しいしな。三つのうちどれかを排除するとなったら、そりゃ味の劣る順だろ」

「な……なるほど……」

と言うしか、海里にはリアクションのしようがなかった。人格や相性ではなく、味で誰を支持するか決めるなど、人間の感覚では考えられないことだったからだ。

だがそこで海里はそんなことより、シルヴァーノの話の内容から、もっと大事なことに気が付いていた。

――智野見の集落を訪れたのは、バルドという人だと裕介さんたちが言っていた。そして、バルドが怒っていて、ルカと揉めているっていうことは。

「バルドって人が、俺とルカの関係に反対しているんですよね？　じゃあルカ自身は俺のこと……なんて言ってるんですか？」

当初警戒していたことも忘れ、海里はシルヴァーノに詰め寄って、必死に問う。

先ほどのルカの冷たい態度は、本心ではないと思いたかったのだ。

シルヴァーノは、海里がその質問をすると予測していたらしい。待っていたとばかりに、ニヤリと口元に笑みを浮かべた。

「いやあ、どうもこうも、えらい執着ぶりで参ったよ。この前なんか、しまいにバルドと骨董品の剣でやり合いそうになる始末だったからな。どうしても花峰海里は俺のものだと、言い張って譲りやしねえ」

「俺のもの……」

「ああ。髪の毛一本、誰にもくれてやらねえってさ。ケチ臭いったらありゃしねえ」

シルヴァーノの口調は悪いが、その表情は面白そうに笑っていた。

「何十年もの付き合いだが、あんなに入れあげてるあいつを見るのは初めてだったぜ。まあ確かに、あんた美味そうだもんなあ」

細い指が顎にかかったが、海里は気にすることすらしなかった。

「だけど、じゃあどうしてルカはさっき俺に、もう来るな、なんて言ったんでしょうか」

「ちょっとくらい、頬を赤らめるとかしろよ。つまんねえな」

シルヴァーノは苦笑して、海里の顎にかけていた手を引っ込めた。

「バルドのやつが、智野見の一族の集落にまで押し掛けたのを、ルカも知ってるからかもな。このままだと、あんたが一族から孤立すると思ったんじゃねえのか」

「そ、それじゃルカは、俺を嫌ってるわけじゃ……」

「そんなわけねえだろ。あんたもルカを嫌ってねえなら、ついて来な」

シルヴァーノは言って、背を預けていた木から離れ、歩き出す。

「さっきのルカとあんたのやりとりを、屋敷の中から聞かせてもらったんだが。このところのあいつの言動と合わせて、正直、ちょっと感動したよ」

「感動って……？」

海里はシルヴァーノの話に引き込まれ、思わずその後をついて行く。

「俺はあいつが人間だったころ、どんな極悪非道なやつだったか知ってる。感情なんかないような、死んだサメみたいな目をしてやがった。それなのに」

　話しながらシルヴァーノは林道を抜け、廃業して今は使うものもなく廃材置き場になっているらしき、小さな自動車修理工場の跡地に向かって行く。

「最近のあいつは、感情むき出しだ。バルドに食って掛かって、海里は俺だけのものだと言っておきながら、あんたの身を案じて、もう会わねえなんて宣言しやがる。なんて健気で一途なんだろうかとな」

　——この人の言葉をそのまま、信じていいんだろうか。そんな……今の俺にとっては、嬉しすぎることを。

　途中から海里は、足の下の乾いた枯れ葉も、車道の小石も、感じなくなってしまっていた。まるで柔らかな、真綿の上を歩いているようだ。

　——正直に言うと、信じたくてたまらない。だけど、これもまた嘘だったら……。

　シルヴァーノの話によって、海里の心はひどく動揺していた。

「それでだな。俺としては、別にバルドに義理はねえし、絶対にあんたの血のほうが美味いだろうし。たまーにちょっとだけ、俺にもあんたの……智野見の一族の血を味わわせてくれるなら、ルカとあんたを応援したい」

「俺の血をですか？」

　それで円満にことが収まるなら、もともと海里に異論はない。

「わかりました。容器に採血したものでいいのなら」

了承すると、シルヴァーノは両手をパンと打ち合わせた。

「よし、決まりだ」

そう言うと修理工場跡地の目の前で立ち止まり、くるりとこちらを振り向く。

「ただ、バルドがあんたの一族につっかかって、騒ぎになっても困る。つまり、ルカと一緒にしばらくどっかに逃げていて欲しいんだ」

海里としては、それは願ってもない提案だった。

「ほ、本当に、ルカがそうしてくれるなら、俺は喜んで引き受けます」

「あんたらが逃避行に出ちまったら、智野見の集落の連中にだってどうにもできねえってことは、バルドにもわかるだろうからな。まあ、それでも騒ぐようなら、こっちで始末をつけちまってもいいけど」

「始末って……」

それはもしかして、殺すということだろうか、と少しだけ海里は不安を覚えた。

単純に、悪人、というのとも違う。彼らは確かにモンスターで、人間の道徳やモラルなどとは、別の世界に生きているらしい。

そんな海里の懸念にはお構いなしに、シルヴァーノはガラガラと、錆びているシャッターを開けた。だが壊れているらしく、上まできちんとは開かない。

そこは倉庫だったようで、中はガランとして広かった。

「入ってくれ。朝日が昇る前にルカをここに連れてくるから、待ってろ」

「ここからこのまま逃げろってことですか？」

「ああ。悪いが旅支度の時間はねえ。まあ、相手の血さえあれば生きるのに苦労はねえし、ほとぼりが冷めたらこっそり戻って来てくれよ。バルドには知らせねえから、そのときには……あんたの血をご馳走してくれ」

――せめて、父さんに話しておきたいけど……いずれ戻って来られるなら……。

ルカの仲間たちが、今どんな状態なのかわからないが、チャンスは今しかないのかもしれない。

海里はうなずいて倉庫に入り、壊れているシャッターを膝くらいの高さまで、内側から自分で下ろす。

それを外側から手伝ったシルヴァーノは、ルカを連れてくるからくれぐれも動くなと海里に念を押し、その場から立ち去ったのが気配と足音でわかった。

――大丈夫なのかな、本当に。ルカは……来てくれるのかな。

来て欲しい、と切実に海里は思う。そうして外からは見えない倉庫の一番奥までいくと、コンクリートの床に腰を下ろし、膝を抱えて座った。

廃墟の倉庫に明かりなどなかったが、鬼と化した今の海里の目には、壁を這う虫の姿も、銀色の蜘蛛の巣も、はっきりと見て取れる。

――信じて喜んで、また嘘だったら、俺はもう立ち直れない気がして怖い。

海里は自分の膝の間に、顔を埋める。

――せめてルカが、俺のことを嫌っていませんように。

そうして、昔からそこにあった石のようにじっとして、どれくらいの時間が経っただろう。

遠くに足音を聞いた気がして、海里はハッと顔を上げた。

――ルカが来てくれた？

胸は大きく弾み、期待と喜びに頬が紅潮してくる。

足音はだんだんとこちらに近づいてきて、錯覚や気のせいなどと、疑いようもなくなっていく。

「ルカ！」

思わず海里は立ち上がり、駆け寄った。

ガシャッ、とシャッターに手がかかり、ぬっと大きな身体が入って来たのだが。

「……やっぱりここにいたのか。……おお、美味そうな匂いがするぞ」

それは、ルカではなかった。声からして、おそらく一番攻撃的だった、バルドという男だ。

驚きと恐怖で海里は声も出ず、顔を強張らせて倉庫の奥に後退る。

灰色のロングコートに身を包んだバルドは、悠々とこちらに近づいて来て薄く笑った。

「花峰海里だな。……俺はバルド。ルカの仲間ということで、察しはついているだろう」

海里は無言でうなずいた。ではこれが、自分とルカの仲を裂こうとしている、元凶そのものなのだと理解したからだ。

バルドはニヤニヤと、感じの悪い笑みを浮かべながら、海里を観察するように上から下まで眺める。

「怯えているようだが、心配するな。俺はなにも、お前のような子供を敵などとは思っちゃいない。少なくとも、お前は脅威ではない。だから、排除する必要もない」

どういうことだ、と海里は眉を寄せる。

「そ、それなら、どうして俺を、ルカから遠ざけようとするんですか。わざわざ、俺の一族を脅すような真似までして……」

「それは……気が付いたからだ。俺にとっての敵。本当の脅威は智野見の一族より、むしろルカだとな」

バルドは顔から笑みを消し、陰険な光をその目に湛える。

「シルヴァーノもお前を手に入れようと、抜け駆けしたようだが。こうして俺に尾行されても気が付かんくらいに、間抜けで単純だ。好戦的でもない。……だが、ルカは違う」

バルドの声には、怒りが滲んでくる。

「あいつはこれまでにも、俺の気に障ることが何度もあったが、出自が出自だけに、頭もよく回るし暴力にも慣れている。こちらが渋々折れるしかなかった。しかし、今度ばかりは我慢ならん」

バルドはさらに近づいて来て、必然的に海里は壁際まで追い詰められる形になった。

「だから俺は決めたのだよ。ルカを始末する。あいつが俺に牙をむく前に、どんな手を使ってでも俺があいつを消してやる。……知力腕力で敵わなくとも、陥れる手はいくらでもある

「……」

　最後のほうは、ほとんどつぶやくように小さかったが、暗い憎しみのこもった声に、海里はぞくっと震えた。

「で、でも。あなたたちは仲間じゃないですか。それも、たった四人だけなんでしょう？」

「そうだな。自分以外に、たった三種類しかない味のひとつを失くすのは、確かに惜しい」

　バルドはシルヴァーノと同じような価値観の言い方をする。

「だが、お前がいる。花峰海里」

「え……っ？」

「お前は暴力的でもなく、おとなしそうだ。であれば、ルカと一緒に始末する必要はない。……吸血鬼とはいえ、俺にも哀れだと思う感情は残っている」

　恩着せがましく言って、バルドはさらに一歩、海里との距離を詰めてきた。

「花峰海里。俺がお前を、匿ってやろう。智野見の一族にも、シルヴァーノたちにも見つからないところに。そして、俺にだけその、馨しい血を飲ませてくれ。……そうすれば」

　バルドの喉が、ご馳走を目の前にした肉食獣が涎を飲み込むように、ゴクリと鳴る。

「殺さずに、生かしておいてやる。ルカの血などより、お前の血のほうが、ずっと美味いはずだ」

「俺の血を独り占めするために、ルカを殺すっていうんですか……？」

　なにが悪い、とバルドは、勝ち誇ったように言う。

「安心しろ、お前には俺の血を与えてやる。さほど悪い条件ではないだろうが。もし従わないというのなら、ルカだけじゃない、お前の家族や一族を片っ端から殺してやる。どうだ、選択の余地などないのではないか」

海里はバルドの意図が明確になるにつれ、身体が震えるほどの怒りと嫌悪を感じた。

それは要するに、海里を家畜として監禁するということに他ならないではないか。

ルカも自分を独占しようとしたが、海里の自由を奪おうとはしなかったし、なにより従わなければ殺す、などという脅迫的な言葉は一切なかった。まして、里史や親族まで脅しの道具にするなど、言語道断だ。

だがこちらに選択の余地がないのだとしても、せめてひとつだけ、バルドに聞き入れて欲しいことがあった。

「わかり……ました。父さんたちになにもしないのなら、俺は、それでもいい。だけど……ルカのことも、殺さないでくれませんか？」

「なんだと？」

「目的がルカではなくて、バルドさんが俺の血を独占したいってことだけだったら、ルカを殺さなくてもいいじゃないですか！　お願いします、そうしたら俺、おとなしく言うことを聞きますから！」

海里の懇願に驚いたように、バルドの陰険な瞳がゆっくりと見開かれた。そしてその顔に笑みが浮かんだが、その目の奥には怒りとも、妬みともつかない色が浮かんでいる。

「そうか……そこまでお前は、ルカに飼い慣らされていたのか。ルカは異常なまでにお前に執着しているようだったが、なるほど、その理由は血の味だけではなかったということだな」

バルドの手が伸びてきて、海里はビクッとしたが、もう後ろには壁しかない。

「――っ！」

数十センチのところまで顔を近づけられ、海里は思わず横を向く。

「もう随分と昔のことで、そっちのほうの味は忘れてしまっていたが。……そういえば智野見の連中たちは、男も女もいい味だった。散々によがらせながら飲む血は、たまらなく美味かった。つい失血死させるまでやめられないほどにな。お前もさぞ、いい思いをさせてくれるんだろう」

ニイ、と笑ったバルドの赤い口の中で、にゅっと牙が伸びるのが見えた。

「心配するな、お前は命をとるほどには吸わん。これからずっと、俺の家畜として生きるんだ。あのルカ……ギャングの頂点に君臨し、飽きるほど女も男も抱いただろう男が、そこまで欲した血と身体を、俺にもたっぷり味わわせてくれ」

囁くようなバルドの声は熱を帯び、逆に海里は嫌悪感で背筋が凍りそうだった。

――ルカの命と引き換えなら、それなら仕方ないと思ったけれど。そうじゃないなら、餌にされるだけの人生なんて、絶対に嫌だ！

海里は必死に、せまってくるバルドの顔を押し返しながら思う。

――こんなやつに、ルカを殺させたりしない！

「こら、暴れるな！　何度もルカに吸わせているんだろうが！」

「うるさい！　お前なんかに、誰が！」

――ルカが俺を、髪の毛一本まで自分のものだと言うなら。俺だって……ルカの全部は、俺のものだと思ってる！　ルカのことは、俺が守る！

揉み合い、激しく抵抗するうちに、ざあっと全身の毛が逆立ち、目が眩むほどの怒りに海里は囚われた。

――許せない。ルカを傷つけるやつは、誰だって……！

すごい形相で、海里の首筋に牙を突き立てようとしていたバルドだったが、海里の様子を見て、ハッと顔を上げた。

瞳に恐怖の色が浮かんだバルドのいかつい顔を、海里は思い切り殴りつける。

ぐわっ、とうなってバルドは後ろにのけぞった。

海里は自分の身体が、わずかに発光していることに気が付く。暗い倉庫内の壁に立てかけてあったアルミの板に、ぼんやりとその姿が映っているのが見えたのだ。

――あれは……俺なのか？

海里の髪は銀色に、瞳は深紅に染まり、牙と爪が長く伸びている。額には小さな、白い角が生えていた。その姿は紛れもなく、鬼そのものだ。

「こ、このガキ……完全に、戦鬼として目覚めたのか。しかし、悪くはない」

バルドはベッ、と血のりを吐き、ニヤリと笑って起き上がり、体勢を立て直す。

「人と変わりない外見だった先刻より、よほど美しい。……おそらく血の美味さも、ぐんと増しているだろう！」

突進してきたバルドは、海里の両肩をつかんで壁に押し付けてくる。海里は咄嗟にその髪をつかみ、力いっぱい横に引いた。

「ううっ！」

海里の目の前に、顔を横に倒す格好となったバルドの首筋が露(あら)わになる。

——お前なんか、こうしてやる！

海里は自分の上唇をかすめるようにして生えている、尖った牙の存在をはっきりと感じ取る。そしてそれを思い切り、バルドの頸動脈に突き立てたのだった。

† † †

——海里に、ひどいことを言ってしまった。……あああ！　俺の海里が！　あんなに寂しそうに重い足取りで帰っていく！　……もう少し、ソフトな物言いにするべきだっただろうか。自分からバルドに会うなどと、とんでもないことを言い出したから、つい感情的になってしまった。……繊細だから、傷ついただろう、クソ。バルドのやつめ。やはり殺してしまえばよかった。

屋敷に来た海里を、冷たい言葉で追い払ったルカは、意気消沈してしまっていた。邸内にバルドたちがまだいるため、危害を加えさせないためにも、近づかないで欲しかったのだ。

カーテンの隙間から、去っていく海里の背中をそっと見送ると、ルカは書斎の大きな背もたれのついた、革張りの椅子にドカッと座り、溜め息をつく。まだバルドたちは屋敷にいるはずだが、どうでもよかった。

――海里が手元にいてくれるなら、連中などと縁を切ってもいいのだが。バルドが智野見の一族を襲ったりしたら、海里が苦しむだろう。それを考えると動きがとれん。といって、公平に海里の血を分けるというのも……バルドがおとなしくルールを守るとは思えない。

まだルカとしては、海里をあきらめ切れてはいなかったが、方策が浮かんでこなかった。それよりも、海里のためとはいえ心ない言葉を投げつけた自分への自己嫌悪で、頭がいっぱいになってしまっている。

――まいった。人を人とも思わず、人でなしと呼ばれることをなんとも思わなかった俺が。本当に人でなくなってから、こうまで人間への想いに囚われるとは。……単なる執着心とも、独占欲とも違う。あいつが、海里が悲しむと、俺は駄目なんだ。海里が傍にいないと、何もかもが虚しい。

ルカは右手で額を覆い、眉間に深く皺を刻んだ。

「……我ながら、海里のこととなると冷静さを欠く。落ち着いて考えなくては。……海里を傷つけずに、また日々を共にできるような方法を。なにか手段があるはずだ」

自分に言い聞かせるように低くつぶやいた。

「仕方ない、人間どもにでも協力を仰いでみるべきだろうか。バルドの生活の糧となっている連中を利用する……あるいは脅して、やつの動きを止める。もしくは……」

ルカは机に向かい、資料や文献を引っ張り出して、なんとかバルドを牽制(けんせい)し、他のふたりを納得させて、海里との関係を続けられないかと必死に考えを巡らせた。

今なにをしているのかは知らないが、幸い、バルドたち三人は部屋を訪ねてこない。

先日、海里に居間での会話を聞かれた後、ルカは思わず叫んでしまった。

『駄目だ、絶対に許さん！　たとえ髪の毛一本でも、あいつに手を出すやつがいたら、俺がそいつを殺す！』

あの後、バルドとルカは激しい言い争いの末、あわや本当に殺し合う寸前までいった。

ルカにとって、バルドなど正面からぶつかれば、致命傷を与えることなど容易い。

むろん、吸血鬼だから手足を刺した程度では死なないが、失血死するまで血を吸うか、動けない状態にして太陽に晒せば始末できる。

しかしそれをしなかったのは、海里に言われたことが脳裏をかすめたからだ。

『ひとつだけ、約束して欲しいんです。もう、誰も殺したりしないでください』

——海里に嫌われたくはない。それだけは避けたい……。バルドを殺さず、海里の親族にも手を出させず、海里と一緒に過ごすためにはどうしたら……。

延々と考えても結論が出ず、どうすればいいんだ、とルカが天井を仰いだそのとき、ドアがノックされた。

「勝手に入れ。言っておくが、俺は今最高に機嫌が悪いぞ」

威嚇するように言ったが、ドアは無遠慮に勢いよく開かれた。

「なんだ、ルカ。ここ何十年も見たことがないくらい、しけた顔しやがって」

ずかずかと入ってきたのは、銀髪をなびかせたシルヴァーノだった。

「うるさい。なんの用だ。もう血液の交換も終わったんだ、さっさと帰れ」

「そう冷たくするなよ。今回はバルドとお前が揉めていろいろあったからな。結末を見届けるまで帰る気はねえ」

机を挟み、正面で腕組みをして立つシルヴァーノを、ルカは怪訝な顔で見上げる。

「結末だと？　どういう意味だ」

「俺はな、ルカ。お前がそこまであの鬼の小僧に執着してるなら、認めてもいいと思ってる」

「なんだと、本気か？」

まあな、とシルヴァーノは唇の端を吊り上げる。

「俺はいつも言ってるだろ。三人の中じゃ、お前の血が一番好みだ。だからお前を敵に回したくはねえが、仲間を減らしたくねえからバルドの敵になる気もない。お前らふたりが揉めるのも、できれば避けて欲しい」

「……なら、どうするというんだ」

シルヴァーノはバルドほど凶悪でも、陰湿でもないが、全面的に信頼できるほどお人よしではない。警戒しつつ尋ねたルカに、シルヴァーノはあっさりと言った。

「あの子と逃げろ」

「海里と俺が……逃げる？」

それはとても魅力的な提案に、ルカには思えた。

屋敷を捨て、しがらみから解き放たれ、気の向くままに各地を旅するのもいい。もちろん、太陽の下は歩けないが、昼間は建物内か地下街にでもいればなんとかなるだろう。

――それも悪くはない。だが海里がなんと言うだろうか。

考え込んだルカに、シルヴァーノは意外そうな顔をする。

「なんだ、不満か懸念でもあるのか。どうしたって欲しいものは、我慢できねえのがお前だろ。バルドも、逃げちまって行方がわからねえとなったら、無駄に智野見の連中と騒ぎを起こしたりもしねえと思うぜ」

「……しかし、そうしたらお前も俺の血が口にできなくなるが、いいのか」

「たまに俺んとこに顔を出すか、小包みにして瓶を送ってくれてもいい。そうしたら、バルドとエリアには内緒にしておいてやる」

「なるほど。……ふたりは今、どうしてる」

「バルドは不貞寝（ふてね）しちまってたぜ。エリアは書庫にいた。あいつは本の虫だから、この屋敷に来るといつもそうだろ。自分は三人が決めたことに従うから、鬼の小僧の処遇を決めたら、声をかけてくれってさ」

　ふうん、とルカは改めて、シルヴァーノの提案を飲むべきか考える。

「問題は、海里が一族から孤立しないかということだな。それと、父親がどう反応するか」

「はあ？　お前がそんなことまで心配してやるのかよ。よっぽどあの小僧が気に入ったんだな。けど、そうのんびり考えてねえで、さっさと決めてくれ。実はさっき……」

　シルヴァーノが言いかけたそのとき、ふたりそろってハッと窓の外へ顔を向けた。

　車が屋敷の近くに停車する音が聞こえたからだ。やがて走ってくる足音に次いで、玄関の扉がノックされる。

　壁時計に目をやると時刻は午前四時を回っていて、深夜というより早朝に近い。しかしこの時期、まだ外は真っ暗だ。

「こんな時間に、いったいなんだ？」

　シルヴァーノがつぶやくのを聞き終える前に、ルカは玄関に急いだ。海里かもしれない、と思ったのだが。

「……お前は……海里の」

　ドアの前にいたのは、ひょろりとした優しい面差しの、中年男だった。

「非常識な時間だとはわかっています。しかし、お願いだから教えてください。海里が言っていた屋敷はここですよね？　そして、きみはルカだ。違いますか？」

　ぜいぜいと息を荒くして尋ねる男に、そうだ、とルカは素直に認めた。この男が海里の父親の里史だということは、陰から海里の成長を見守り続けたルカはもちろん知っている。海里と一緒に映っている写真も、たくさん所蔵していた。

「あんたは確か、海里の父親だろう。なにかあったのか」

「……とぼけているんじゃないでしょうね。海里がいなくなったんです。もう、きみと会うなと、俺からも親族からも厳しく言っておいたんだが……夜中にふと目を覚ましたら、どこにもいない」

聞いた瞬間、ルカは海里が心配になったが、いやいやと自分を安心させるように言う。

「ここには来ていないが、二十四時間営業の店か、散歩にでも行ったんじゃないのか」

「もちろん心当たりの場所は、全部探しましたよ。もし隠しているのなら、頼むから海里を返してください。なにも無理やりに引っ立てようというのじゃない。きちんと私から話します。……あの子が人よりずっと長い時を生きていくためには、親戚一同の協力が欠かせないんです。約束を破って、禍根を残すわけにはいかないんだ」

「いや、本当にここには……おっ、おい、あんた！」

里史は、そのおっとりした風貌に反して、素早くルカの脇をすり抜け、屋敷の中に駆け込んでしまった。

まるでネズミのようだ、とルカは驚き呆れたが、行く当てなどないであろう海里のことを、父親が心配する気持ちはわからなくもない。というか、ルカも同様に海里の行先が気になる。

――別に、家探しされても構わんが、バルドに見つかると厄介だ。

ルカはそう考え、溜め息をついて里史の後を追う。

「おい、わかったから、そんなに勝手にあちこち見て回らないでくれ。俺が案内する」

けれど焦った様子の里史には、その声は耳に入らないらしい。

「海里！　いたら出てきてくれ、頼む！」

手当たり次第にドアを開き、里史が順番に部屋の中を覗き込んでいると、シルヴァーノが二階から降りてきた。

「なんだこの騒ぎは。イノシシでも屋敷に入れたのか」

「ルカ、うるさいぞ。落ち着いて読書ができないじゃないか」

害虫を駆除しろとでも言うように、本を片手にエリアも書庫から廊下に出てくる。

「入れたんじゃない、勝手に入って来たんだ」

ルカは渋い顔をして、二階に上がっていく里史の後を追う。

「ちょっと待て！　勝手なことをするなと言ってるだろうが、まったく……」

寝ているというバルドを起こしでもしたら、人間の里史になにをするかわからない。ルカは急いで、手前の部屋に入った里史の後に続いたのだが。

「……きみ。これは」

里史が入った部屋は、ルカの海里コレクションルームだった。

ずらりと壁に飾られた写真の被写体が誰なのか、うすぼんやりした窓からの月明りでも、父親である里史にはわかったらしい。

「ああ、これは、あれだ。智野見の一族の分析というかだな。研究対象として」

さすがに気まずく感じ、咳払いをして釈明したルカだったが、なぜか里史はその中の一枚をじっと見つめている。

「この写真は……きみが？　いつ撮ったんだ？」

うん？　とルカは、細い指の差し示す一枚に目を凝らした。それは小さなパネルに仕立てたもので、なかなかの傑作だと思っている作品だ。

海里は恥ずかしがって、全部の写真をきちんと見てくれていないので、父親が気付いてくれたことがルカは内心嬉しかった。

「日付が書いてあるはずだが、確か……十五年ほど前のものだ。どうだ、よく撮れているだろう。近くの溜池で遊んでいるところを、遮光服を着て撮ったんだ。夏の盛りに手袋まで装着するのは辛かったぞ。だがおかげで、溺れた海里を助けられたから、その濡れた髪とシャツが実に雰囲気のいい一枚が撮れた」

お気に入りの写真に興味を示され、得々と話したルカの手を、なぜか里史がガシッと握った。

なんだ？　と表情を険しくしたルカだったが、里史は今にも泣きそうな、感激したような顔で見上げてくる。

「確かに傑作と自負しているが、欲しがられてもこれはやれんぞ。……まあ、父親のあんたになら、フィルムを探して焼き増ししてもいいが」

そうではない、と里史は首を横に振った。

「あの日、あなたが……助けてくれたんですね。溺れた海里を」

「それはそうだろう。俺たちと違って、水に長時間沈むと人間は死ぬからな」

今でこそ、ルカにとって海里はかけがえのない、世界中で唯一無二の大切な存在になっているが、当時はそれくらいの感覚で助けた記憶がある。

あのときの自分を誉めてやりたい、とルカが思ったそのとき。ぺこっと里史は、額が膝につくのではないかというくらい、深く頭を下げてくる。

「あ、ありがとうございました！　あなたがいなかったら、海里はあのとき、命を落としていたかもしれない……海里は、このことを知っているんですか」

いや、とルカは首を振る。

「怖かっただろうからな。あえて思い出させるつもりはない」

その言葉に、またも里史は首を垂れる。

「本当に、感謝しています。たとえストーカーであろうと、あなたは海里の恩人だ」

「ストーカーじゃない」

ルカは胸を張り、きっぱりと言った。

「守護者と書いてガーディアンと呼べ」

その言葉に対しては、腑に落ちないといった顔をしていた里史だったが、そのとき部屋の外から声がかけられる。

「おい、ルカ。ちょっとヤバイかもしれねえ」

シルヴァーノが入って来て、ちらりと里史を見てからルカに言う。

「寝てたと思ったバルドがいない」

それはルカにとって、海里の行方の百分の一も気にならない問題であった。

「それがどうした。どこか外でもぶらついて、暇潰しをしているんじゃないのか」

「いや、それが……さっきルカに言っただろ。小僧と一緒に逃げちまえって」

シルヴァーノはきまり悪そうに、頭をかきながら言う。

「実はさっき俺、あの小僧を追いかけて、少し先の倉庫に連れてったんだよ。お前を連れてくるから、ここで待ってろって」

「……なんだと」

ルカはようやくことの重大さに気が付き、顔色を変えた。

「貴様、バルドにつけられたりしていないだろうな！」

わからねえ、というのがシルヴァーノの無責任な返事だった。

「でも、可能性はある」

シルヴァーノが言い終える前に部屋を飛び出ようとしたルカの背に、慌てたような声がかけられた。

「おいっ、待ってくれ。こ、小僧というのはもしかして、海里のことか？　私も連れて行ってくれ！」

必死な声に、わずかに海里に似たものを感じ、ルカは立ち止まって振り返る。そして不安と焦燥にかられた表情の里史に言う。

「車を借りたい。いいか」

「もちろん。しかし……」

里史は、腕時計に目をやった。

「最近の日の出の時間は、六時くらいだと海里が言ってた。もう五時半を過ぎている。智野見の一族もだが、きみたちだって朝日に当たったら……消滅してしまうんじゃないのか」

「そうだが、海里を放ってはおけない」

即答すると、里史は真剣な目でルカを見た。そしてうなずくと同時に、行きましょうとルカをうながす。

まだ外は暗い。けれど太陽が昇るまでの時間は、あとわずかしか残されていなかった。

† † †

「うぐっ……！　おおお！」

激痛が走ったのだろう。首に牙を突き立てられたバルドの身体が、硬直したように動かなくなり、海里はさらに犬歯に力を入れる。

そこから温かい血が、どっと海里の口の中に溢れ出してきた。本能的にそれを飲み込んだ海里だが、すぐに激しい違和感を覚える。

――……違う。俺が欲しいのは、こんな血じゃない。

不味くはない。少なくとも、板状の乾燥血液よりはましだ。

だが、不快に思う相手の血のせいか、なんだか胸がムカムカしてきて、海里は牙を抜き取り、ドンとバルドの身体を突き放した。そうすると、意識しなくても尖って長くなっていた犬歯が、スッと引っ込む。

バルドは放心したように、どすんとその場に腰を落とした。

――ルカに手を出せないよう、もっと弱らせたかったけど、駄目だ。これ以上、こんなやつの血なんか飲みたくない。気持ちが悪くなってきた。

よろけて壁に背をもたせかけ、血まみれの唇を手の甲で海里は拭う。

けれどこれは、バルドから逃れるチャンスだった。海里はへたり込んでいるバルドの脇をすり抜け、倉庫の外に出ようとしたのだが。

「っ！　はっ……放せ！」

バルドにガシッと、右足をつかまれた。

「お……俺の血は、美味かったか？」

海里の足をつかんだまま、バルドは這うようにしてにじり寄って来る。その目は血走って赤く、額には汗が滲み、息がひどく荒い。海里はハッとする。

――そうか。皮膚に牙を立てて吸血行為をすると、催淫効果があるんだった……！

バルドはそのため、海里に対して強い性的興奮を覚えているらしい。ぞわっ、と海里の背中に悪寒が走った。

「放せ！　放せっ！」

必死に足から手を放させようとするが、爪が食い込むほどに、バルドは力を込めて足首を握ってくる。

「っああ！」

思い切り足を引っ張られ、海里はその場に倒れ込んでしまう。その身体に、バルドは覆いかぶさってきた。

「俺にも、吸わせろ！　お前の美味い血を、腹いっぱい吸わせてくれ！」

先刻、壁に追い詰められたときよりもっと狂暴になったバルドは、牙をむき出し、獣のような目をして、海里につかみかかってくる。

「嫌だ！　触るなっ！」

倒されたとき、コンクリートの床に打ち付けた腰や肘が痛いが、それどころではない。海里は懸命に抵抗した。

体格はかなり違うが、完全に鬼と化している今の海里は、日頃よりずっと力が強いし素早くも動ける。

しかしバルドもまた、人間ではなかった。執念深く襲い掛かってこられるうちに、びりっ、とつかまれたシャツの襟が破れ、ボタンが弾け飛ぶ。

露わになった素肌をぎらぎらとする目で見つめ、飢えた肉食獣が獲物に食らいつくように、大きく口を開いて押し付けてこようとするその顔を、思い切り海里は叩いた。

次いで圧し掛かってくる身体を蹴り上げ、なんとかバルドの下から這い出し、膝の高さほどに開いたままになっているシャッターの隙間から、外に逃げようとしたのだが。

「……あ……ッ！」

海里はそのとき、外の地面の露に濡れた草むらが、明るいオレンジ色に光っているのを見る。

――朝日が昇ってる……！

バルドもそれに、気が付いたらしかった。ゆっくりと立ち上がり、再び海里にせまってくる。

「逃げ場がなくなったようだな。おとなしくしていろ」

「ふざけるな、誰が！」

叫んで海里は、伸びてきた手を払いのけ、なにか武器になるものはないかと、倉庫の中を見回した。と、右端の隅に、工具箱のようなものがある。

――あの中に、バールかスパナがあるかもしれない！

そんなもので吸血鬼が倒せないのはわかっているが、できる限りの抵抗をしてやろうと、海里は心に決めていた。

――自分の身を守るためだけじゃない。こいつは、ルカを殺すと言っていた。そんなことさせるものか！

バルドは海里に血を吸われたせいか、獰猛だが動きは緩慢だ。海里は素早く、大きな工具箱に飛びついたのだが。

「く……っ、クソっ、開かない……！」

すっかり錆びついているために、ぎしぎしと軋むばかりで、留め金が開いてくれない。太陽光に当たったら消滅してしまう海里は、これから夕刻の日没まで、バルドとこの倉庫の中にいなくてはならないのだ。

いかに海里が鬼となっても、相手もまた怪物だ。素手でバルドと数時間、渡り合えるとは考えられない。

——開いてくれ、頼む！

赤く錆びた工具箱が留め金ごとバン！　と弾け飛び、中身が床に転がった。

しかしその首に背後から、ガッ！　とバルドの太い両手の指が巻きつけられる。

「っ、く……っ！」

「……従順ならば少しは加減してやろうと思ったのにな。まあいい、活きがいい獲物は、ますます美味く思える」

喉を絞めつけるようにされ、海里は動けない。その耳の後ろから、興奮してハアハアと荒い呼吸音が間近にせまってくる。

このまま首筋に、鋭い牙が突き立てられると観念して、海里が目を閉じた、そのとき。

ゴッ！　という鈍い音がして、同時に首に巻き付けられていた指の力が緩んだ。

何が起きたのかわからなかったが、海里は身体を前に倒し、ゲホゲホと咳き込む。その間にも、ガッ、ガッという、硬いものが打ち据えられるような音と、呻き声に近い悲鳴が聞こえた。

なにがあったのか、と痛む喉を押さえながら海里が背後を振り向く。

と、倒れ込んで動かなくなっているバルドと、その近くに棒状のものを持ち、佇んでいる黒い大きな姿があった。

「だ……誰……」

海里がそうつぶやいたのは、立っているその男が革の手袋をし、顔の半分まで覆うようなフードのついた、ズボンの裾まである黒いマントを身にまとっていたからだ。

その男は足元のバルドの身体を物のように踏みつけて、こちらに急いで駆け寄って来る。

思わずたじろいだ海里だったが、目の前で跪いた男がサッとフードを脱ぎ、その顔を見た瞬間、歓喜の声を上げた。

「ルカ！　……会いたかった！」

言うと同時に、海里はルカに抱きついた。ルカもしっかり抱きしめ返してきて、何度も髪を撫でてくれる。それが嬉しくて、海里は手に力を込めた。

──嫌われていなかったんだ……！

その気持ちに確信を持たせてくれるように、ルカは優しい声で言う。

「もう大丈夫だ。怖い思いをさせてしまったな、海里。……血がついているじゃないか、吸われたのか？」

心配そうに、ルカは海里の顎についた血を拭った。海里は違う、と首を振る。

「俺が吸いました。なんとか、反撃しようとして」

言いながら、ごしごしと袖で、口についている血を拭う。

「そうか……その姿！　鬼としての本来の力が覚醒したおかげで、バルドに抵抗できたというわけだな」

海里はうなだれて、鋭い爪の生えた指を見た。

「……変、ですか。俺、こんなふうに、なっちゃって」

「変とは、見た目の話か？　なにを言っているんだ、信じられないほどに綺麗だぞ、海里。いつもは可愛らしいが、今は妖艶な美しさがある。俺は、どちらも好ましい」

本当に？　と海里はおずおずと、自分よりずっと上にあるルカの整った顔を見上げる。

「俺が、美味しい餌だから、機嫌をとっているんじゃないんですか」

「お前の血が俺にとって、究極の美食であることは確かだ。だが、そんな言い方をしないでくれ。俺があんなことを言ったからなんだろうが……」

ルカの薄赤い瞳が、海里を射貫くようにじっと見つめてくる。

「俺は、海里。お前という器の中に入っている血だからこそ、大切に思うんだ。今回のことで、よくわかった。俺にとってお前は……特別な存在だ。なくてはならない、いなくなったら生きてはいけないほどの、そういう相手に、いつの間にかなっていた」

「ルカ……」

その言葉が嬉しくて、海里は小さな角の生えた額を、甘えるようにルカの肩口にそっと押し付けた。

「俺、シルヴァーノっていう人に、ここで待っているように言われて。ルカが来るからって。だけど……どこかで信じ切れていなかった。信じたかったけど、違ってたときの落胆を想像すると、信じるのが怖かった」

「悪かった、海里。あのときはもう会わないほうが、お前のためだと思ったんだ」

しばらくふたりはそのまま、ひしと抱き合っていた。すると、シャッターの外に、何者かの気配がして、海里はハッと顔を上げる。

「お……おーい。大丈夫なのか」

シャッターの下から覗き込んでくるようにして、不安そうな声をかけてきたその相手を見て、海里は驚く。

「父さん？」

「おお、海里！　無事だったのか、よかった……！」

里史は心底安心した様子で、その場になへなへとしゃがみ込んだ。

「そうだった、いたのをすっかり忘れていた」

言うとルカは立ち上がり、脇に抱えていた布のようなものを取り出した。

「お前の父親と車で来たんだ。これを着ろ、海里。帰るぞ」

それはとても大きなマントで、ルカが着ているものと同じに見える。

「どっしりとして、かなり厚手ですね」

「遮光布でできているからな。短時間なら、太陽光から守られる。しっかりと、首のところまでボタンをとめろ」

それを着ている間にも、海里はまだ床に伸びたままのバルドが、気になって仕方なかった。頭から血を流しているので、ルカに殴打されたのだと思うが、吸血鬼はそれくらいのことでは死なない。

傍には、ルカが握っていた金属の棒が落ちている。おそらく自動車工場の廃材置き場にでもあった、細い鉄パイプだろう。

その先に血がついているのを、海里が眉を顰めて見ていると、床の上をゆっくりと滑っていく無骨(ぶこつ)な手にギクッとした、刹那。むくっとバルドが血まみれの顔を上げる。

「——おのれ！」

「ルカ、後ろ！」

鉄パイプを槍(やり)のように持ち、低い体勢でこちらに突っ込んできたバルドに、即座にルカは反応した。

振り返りざまにパイプを避けると同時に、スパーン！　とバルドの後頭部に、強烈な回し蹴りを叩き込んだのだ。

バルドの身体は衝撃で前にふっ飛び、下から五十センチほど開いていたシャッターから、ザザッと外へと転がる。わあ！　とシャッター付近にいた里史が悲鳴を上げた。

途端に、ぎゃああという耳を塞ぎたくなるような、バルドの断末魔が聞こえてくる。

朝日の中に蹴り出されたバルドがどうなるかは、ルカも海里もわかっていた。

「……ルカ……！」

ルカは黙って海里を引き寄せ、その声を聞かせまいとするかのように、フードの上からしっかりと抱きしめてくる。

海里もルカにしがみつくようにして、広い背中に手を回した。するとルカは、意外なことを口にする。

「……悪かったな、海里。お前との約束を、破ってしまった」

なんのことだろう、と一瞬考えた海里だったが、すぐに思い至る。

『だけど、ひとつだけ、約束して欲しいんです。もう、誰も殺したりしないでください』

『俺がそれを約束すれば、お前は俺の傍にいることに、抵抗がなくなるということか？』

確かにルカと、そうした会話をした記憶があった。しかし今回の件でルカが悪いなどとは、海里はまったく感じていない。

「約束を破られたなんて、思わないです。むしろ謝るのは俺です！　俺のせいで、ルカの仲間がひとり減ってしまった……」

悲痛な声で言う海里の頭を、慰めるようにルカの手が撫でてくる。

「俺を殺そうとするやつなど、仲間でもなんでもない。そもそも俺たちは、仲間意識で繋がっている関係ではなかったからな。お前が俺を嫌ったのでないならば、それでいい」

「嫌うなんて。そんなこと、あるわけないじゃないですか」

「なぜだ。俺に誰も殺して欲しくなかったんだろう？」

「それは、ルカのためにも、そうして欲しかったんです。でも俺を助けてくれたことでルカを嫌うなんて、あるわけない」

海里、とつぶやいて、ルカの瞳が、じっとこちらを見つめる。密着した互いの胸の鼓動が、どんどん速くなり、大きくなっていくのがわかったが、シャッターの外から里史の、救いを求める声がその空気を遮った。

「おおい……早く来てくれ。こ、これは、どうすればいいんだ。このままにしておいていいのか……？」

今にもルカとくちづけを交わしそうだった海里はハッとして、ルカから離れる。

「と、ともかく、ここを出ましょう」

水を差されたと感じたのか、ルカはチッと舌打ちをする。

「まあ仕方ない。こんな場所にいては、なにをするにも楽しめないからな。行くぞ、海里。直接日に当たらなくても、太陽光は目によくない。なるべく下を向いていろ。手もしっかり、マントの中に仕舞っておけ」

言われて海里は素直に従い、ルカにガードされるように背中に手袋をはめた手を回され、恐る恐る外へと出た。

「海里、無事でよかった。しかし……その姿は……！」

海里の変化した髪や瞳の色に気が付き、里史はまじまじとフードに隠れた顔を覗いてくる。が、すぐにそれどころではないと思い至ったらしい。

「話は後にしよう。そこに車を停めてあるから、早く乗りなさい。日差しで火傷をしないように気を付けるんだぞ」

「父さん……」

海里はルカにつかまるようにして歩き、フードの影から地面に倒れている、数分前までバルドだったものをちらりと見た。

それはすでに服で包まれた灰の塊、といった状態になっている。ほんのわずかな風で、さらさらと頭の部分が崩壊して空気に舞い、白っぽい灰色の粉となって崩れていくのが見えた。

里史は遺体をどうするのかと心配していたようだったが、あれを目にした後は、なにもする必要はないと察しただろう。

「ねえ、父さん。あの人の最後を、見てただろ。それに俺の、角や爪」

車の後部座席にルカと並んで乗り込み、フードを深くかぶったまま、海里は運転席の里史の顔を見ずに、つぶやくように言う。

落とした視線の先には、獣よりも長く鋭い爪のある自分の指がある。

「俺も太陽に当たると、ああなるんだよ。……人間じゃない。今の俺には、角も牙もある。

もう、普通には生きていけないんだ」

「海里……」

ミラー越しに見える里史の目は、いつにも増して悲しそうに見えた。だけど、と海里は続ける。

「俺はルカとだったら、こうなってしまったことを……人間でなくなってしまったことを苦しまずに、暮らしていける」

しばしの間があってから、そうだな、と里史は、しんみりした声で言った。

「俺は、海里の心の中は、なにも変わっていないと思っている。昔のままの、父さんの息子だ。だけど、前と同じ暮らしではお前が辛いと言うなら、俺は海里が一番いいと思う生き方をすればいい、と思っているよ。どこで誰と暮らすのも、海里の自由だ」

えっ、と海里は顔を上げ、ミラーに映っている運転席の里史を見る。

「それなら、俺とルカが会ってもいいの？」

「俺が海里の守護者（ガーディアン）であることは、父親公認になったということか？」

横からルカが割って入ると、運転しながら里史は苦笑した。

「ええ、もちろん。あなたはちょっと……なんというか、熱心すぎるというか、変わったところもあるようだが、海里の命を二回、助けてくれましたからね。足を向けては寝られない」

二回？　と海里は不思議に思ってルカを見た。さっきのが一回だとすると、もう一回は、酔っ払いに絡まれて気を失い、家まで送ってくれたときのことだろうか。

　確かに、あのときも放っておかれて路上で朝を迎えたら、灰になっていたに違いない。しかし里史は、そのときルカが送ってくれたことは知らないはずだ。すると里史のほうから、正解を教えてくれた。

「海里は覚えていないかもしれないが、子供のころ、溜池で溺れたと言ったことがあっただろ。そのとき、助けてくれたのがルカさんだったそうだ。聞いていたか？」

　ええっ、と海里は驚きの声を上げ、隣のルカを見る。

「そ、そうなの？　初耳だよ、そんなの！　だって俺はそのときのこと、父さんから聞いただけでほとんど覚えてなくて……ルカ、本当？」

　本当だ、と力強くルカはうなずいた。

「もちろん事実だ。最高の被写体だった」

「被写体って、まさか……！」

　ではそのときも盗撮されていたのか、と海里は呆れかけたが、それよりも、ずっとルカを覚えていた、この人を知っているという安心感と既視感のようなものの原因が、ようやくわかった気がした。

「そうか。だから俺、最初からルカに嫌悪感を覚えなかったり、拒絶反応がなかったのかもしれない……。ストーカーの吸血鬼なのに、なんだか懐かしいような、知っている人のような気がして」

「ストーカーじゃないと言っているだろうが」

「本当にそうですね。だって実際に俺を、守って助けてくれていたんだから」

海里はそっと、爪で傷つけないようにルカの手に触れる。

「人間の俺も、鬼の俺も、ルカが救ってくれた。……ありがとうございました」

「そこまで大層なことをした覚えはない。俺はただ、自分が大事なものを守っただけだ」

こちらを見ないまま言うルカだったが、珍しく照れているのかもしれない。その頬にかすかに赤味が差し、海里はますますルカを愛しく感じる。

「せっかく助けてもらった命です。……俺はあなたの傍に永遠に留まって、俺もあなたを守りたい」

正面を向いていたルカは、海里の言葉に驚いたようにこちらに視線を移した。そして触れていた海里の手を、ルカのほうから握ってくる。

ことの経緯を知っているのか、里史も穏やかな表情でこちらを見守っていたが、やがて真顔になって言う。

「海里。お前は、お前が思うようにしなさい。もう父さんは、ふたりが友好的な関係を築くことに、反対はしないつもりだ。親戚たちが何か言ってきたら、俺が説得する」

「父さん……！　ありがとう。俺、これからもお弁当や夕飯は、今までどおり作るからね」

里史の決断に感動した海里だったが、ルカは冷静に言う。

「智野見の一族の説得なら、俺がしてもいいぞ。海里との仲を認めないなら、一族郎党根絶やしにしてやると言ってやる」

　身も蓋もなく脅迫すると言い放つルカに、海里は呆れる。

「……それじゃバルドと、やってることが同じじゃないですか」

「効果があった方法なら、こちらも使わない手はないだろう。それに、同じではないぞ」

　ルカは不服そうに、わずかに眉間に皺を寄せた。

「バルドは我々当事者の意思に反することを、一族に強制した。今度は逆だ。誰も困らないのだから、問題ないだろう」

　それはそうだが、どこかルカの道徳観はズレている気がする。けれどルカが動いてくれるならば、里史も親戚たちに責められることはない。

　そして実際、里史はそう感じていたらしい。

「そうしてくれると助かるので、お願いします。こちらひとりで一族全員を説得するのは、骨が折れると思うので。……ただまあ、智野見の集落の人たちも、ころころと変わる条件を突きつけられて気の毒だなとは思いますけどね」

「ああ。任せておけ」

　尊大に言うと、ルカは海里の肩に手を回してくる。

「でも、あの。あんまり脅さないで、ソフトにお願いしますね」

「仕方ないな。ほどほどにしてやろう」

　ルカのほどほどが、どの程度のものなのかはわからないが、海里はこれでようやく、すべての不安が解消されたと感じて、ホッと身体から力を抜いたのだった。

里史に送ってもらったふたりは、無事に帰宅することができた。里史はバルドの件が片付いて、心底安心したらしく、昨晩一睡もしておらず眠いからと自宅へ戻っていった。

帰宅してフードを脱いだ海里は、いつの間にか自分の髪や爪が、元通りになっていることに気が付く。どうやら激昂すると変化し、精神的に落ち着きを取り戻すと、ゆるやかに姿が戻っていくらしかった。

屋敷に入るとまず、ルカはバルドと海里の経緯について、居間で待っていた吸血鬼ふたりに説明した。

ソファでくつろいでいたふたりを前にして、ルカも正面のソファに腰を下ろし、うながされて海里もその隣に座る。

シルヴァーノはことの発端に関わっていたし、エリアも事情を聞いていたらしく、さほど驚いた様子はない。

むしろ驚いたのは海里だった。なにしろ彼らはバルドが消滅してしまったことに対して、嘆きも悲しみもしなかったのだ。

彼らが唯一問題視したのは、味の種類が減ったということだった。

「なにしろ俺たちの一生は長い。その中で味わえる三種類のうちの、一種類が減っちまったことだけは悔やまれるな」

溜め息をつきながら嘆くシルヴァーノに、思わず海里は言った。

「俺が言うのは、筋違いかもしれないですけど……仲間が死んでしまったのに、悲しくはないんですか？」

相手による、とにべもなくシルヴァーノは答える。

「そもそも、智野見の一族と争うようになった最初のきっかけも、あいつが一族の女を襲ったからだった。異種族に対して、一番好戦的で見下していたのもあいつだったからな。できれば仲良くしたくねえタイプだった」

「きみの一族たちとは話し合って、友好的に接触していればよかったんだが、バルドには慎みがなさすぎた。嬲（なぶ）り殺して食欲と快楽にふける、などという愚かな行為は、吸血鬼といえども軽蔑（けいべつ）する」

エリアもシルヴァーノに同意する。粗暴なバルドは、早い話が吸血鬼の仲間内でも、嫌われていたらしい。

しかしなあ、とシルヴァーノは、恨めしそうにルカを見た。

「これからの長い一生で、たったの二種類の血しか味わえないなんて、そりゃあねえだろ。こうなっちまったら、ルカ。お前がその小僧の血を独り占めするのは、あきらめてくれよ」

「だったら俺が、短い一生にしてやろうか」

ルカは不敵に言うが、海里は慌ててしまった。これ以上、自分のせいで誰かが殺されたりしたら、罪悪感でおかしくなってしまう。

「あの。別に俺は、血を分けてもいいですよ。月に一回、献血すると思えばいいんですから」

控えめに提案すると、シルヴァーノとエリアの表情が、パッと明るいものになる。

「やった、美味い血が飲める！」

「それはありがたい。話のわかる鬼でよかった」

「だから駄目だと言ってるだろうが！」

ルカだけが、なおも必死に反対してきた。

その頑なさに、シルヴァーノとエリアはげんなりした顔になる。

またこれで、仲間割れでもしたら大変だと、海里は一計を案じた。

「……ねえ、ルカ。ふたりに俺の血を分け与えたら、彼らの身体の中で循環して、そしてまたルカの口に入るじゃないですか」

それを聞いたルカの眉間の皺が、少し浅くなる。海里は続けた。

「ルカにとって大事なのは、俺の血を独り占めすることなんですか？」

海里はしっかりとルカの目を見つめ、恋の告白でもするような気持ちで想いを伝える。

実際、気持ちの上ではそのようなものだった。

「俺にとって大事なのは、なんの問題も憂いもなく、ルカと一緒にこれから長く続く日々を過ごしたい、ってことです。そのために俺の血が必要なら、ちっとも惜しくない」

「海里……そんなふうに思っていてくれたのか。もちろん俺も、お前と過ごす時間より大切なものなどない、が」

ルカは明らかに海里の言葉に、心を動かされたようだった。

けれどもまだ、小さな子供が親に言われて渋々とお菓子を兄弟に分け与えるかのような、悔しそうな顔でふたりに言う。

「わ……わかった。……クソ、仕方ない。シルヴァーノ！　エリア！」

ギロリと、ルカはふたりを睨むようにして言う。

「仕方ない、ほんの少しだけ海里の血を分けてやる！　……本当に、ものすごくちょっとだけだぞ！」

するとシルヴァーノとエリアは苦笑しつつ納得し、その後は日が沈むまで和やかな他愛のない話をして、屋敷を後にしたのだった。

シンと静まった屋敷の長椅子で、海里とルカは並んで腰かけ、互いが互いの身体にもたれかかるようにして、なんだかぼんやりとしてしまっていた。

この前ふたりきりで過ごしたときから、とても長い時間、引き離されていたような気がしたのだ。

時間の止まったような古い屋敷の中で、いつまでもこうしていたい、と海里は思う。

「やっと、ふたりきりになれたな……」

ルカも同じ思いでいたらしく、しみじみと言った。

「はい。とても長い障害物競走が終わって、ようやくゴールできた気分です」

「障害物競走……運動会か。確かその写真もコレクションにあったはずだ」

ぷっ、と海里は噴き出した。

「プールのとき、警備員さんと揉めたって言ってませんでしたっけ。いったいどこから撮ってたんですか」

「近くの建物の屋上から、望遠レンズで撮影していた。お前が転んだりすると、ハラハラしたぞ」

「本当にいつでも見られてたんですね」

海里は言ったが、その声に嫌悪感は微塵もない。ルカへの気持ちを自覚した今となっては、照れ臭いような、嬉しいような、複雑な気分だった。

「もし俺があのまま鬼にならず、人として女性と結婚しても、そのまま見ているつもりだったんですか？」

「いや。お前の年齢がある程度いってからは、傍観者ではいられなくなっていた」

ルカはどこか、遠いところを見ている目をして言った。

「お前には申し訳ないが、なにごともなく二十歳の誕生日を迎えようとしていたら、その前に、俺がお前を強引に鬼にするつもりだった」

　えっ、と驚いた顔をする海里に、ルカは難しい顔つきになって言う。

「恨まれたかもしれんがな。憎まれて、拒絶されたとしても……それでも俺は、お前が人としての人生を歩み、俺以外の人間と契り、俺を置いて、寿命を終えることを受け入れられなかった」

「確かにそうなったら、恨んだかもしれません。やむを得ず鬼となって、いろいろなことをルカに教えてもらった状況とは、あまりに違ってきますから。でも」

　海里は自分の頭の中を整理しながら、慎重に言う。

「でもやっぱり、最後に行きついた想いは、同じになると思います。だって俺の、人としての人生は、ルカがいなかったら子供のころに溺れ死んで終わっていたんですから」

　それに、と海里は付け足す。

「今の俺にとっては、そこまでルカが俺を傍に置きたいと思ってくれたことが嬉しいです。最初は……思いがけずに鬼なんていうものになってしまって、すごく絶望したんですけど」

「そうだろうな。膝を抱えてベソをかいていた」

　盗み見していたらしいルカの腕を、海里は軽く叩いたが、むろん本気ではない。

「だけど今は、心から人間でなくなって、よかったと思っています。ルカをひとりきりになんて、させたくないですから。俺がずっと傍にいます」

「海里、俺は」

　海里の言葉を聞き終えたルカは、珍しくどこか狼狽えたような、喉の詰まった声で言う。

「お前のそういう……俺に好意的な言葉を聞くと、どうもひどく動揺してしまう。なんというか。空気がバラ色になって、月の眩しい夜空にでも浮いているような。頭に花でも咲きそうな、そんな気分だ」

俺もです、と海里は告げて、にっこり笑った。

「ドキドキして、ほら、手なんか震えてる。どうしてでしょうね。ただ、思ってることを言っているだけなのに」

海里、とルカは切なそうに名前を呼んだ。

「俺から離れないでくれ。俺は、他人から好意を持たれることを期待したことはない。非道なことをしてきたし、人間でなくなってからはなおさらだ。だが今は、お前を失うことがとても怖い」

ルカの言葉に驚いて、海里は差し伸べられた手に触れる。

「意外です。あなたは人間時代の厳しい日々も含めて、とても長く生きてきて、俺なんかには想像できないくらい、強い精神力を持っていると思っていたのに。……俺は、離れてくれって言われても離れませんよ」

ルカの胸に、海里は腕を引かれるままに身を任せた。

「俺の過去も未来への不安も、ルカが救ってくれたんです。だから俺は……」

言い終える前に、海里の唇が唇で塞がれた。牙は、どちらも伸びていない。

ルカの舌がするりと入って来て、海里の舌に絡まってくる。

そういえばキスをしたのは初めてだ、と気が付いて、海里の目には、嬉しさに涙が滲んだ。

何度も何度も、散々に深いくちづけを交わしながら、ルカは海里を抱き上げて、寝室のベッドへと移動した。

はあはあと、海里はくちづけをされただけで、すでに息が上がってしまっている。考えてみれば、いつもはルカに血を吸われた後に、催淫効果で興奮し切っている状態で抱かれていた。しかし今日は、そうではない。頭もクリアだ。

——そのはずなのに、俺……なんでこんな、キスだけで。

海里が当惑するほど、身体は敏感になっていた。ルカはベッドに横たわらせた海里のシャツを脱がし、自分も上半身から衣類をはぎ取るようにして、床に投げる。

そうして、肌を合わせるのが待ちきれないというように、海里に覆いかぶさってきた。

「海里……可愛い、俺の」

尖ったルカの舌先が、耳をくすぐるようにして、熱い吐息と共に囁いてくる。

「は、あ……っ、駄目、そこっ」

ぞくぞくっ、と海里の身体に震えが走る。

「耳でも感じるのか、海里は」

恥ずかしい、と思いながらもうなずくと、ルカは思い切り抱き締めてきた。

「今の顔を写真に収めたかった！　なんて愛らしいんだ、お前は！」

カーッと海里は、自分の顔が熱く火照るのを感じる。

「そ、んな、恥ずかしいこと……っ、あっ……い、言わないで……っ、ん、んんっ」

ルカは首筋から鎖骨にかけて、唇を滑らせてくる。海里は小さな刺激にも、ぴくっ、ぴくっと反応しながら、自然に背中を反らせた。

そうして露わになった胸の突起を、ルカの唇が挟み込むようにして包む。

「っあ！　はあっ、あ、ああっ！」

もう片方の突起も指で弄られ、海里は小さく悲鳴を上げる。その声は、自分でも驚くほど甘く、淫らに聞こえた。

――今日は、血を吸われてないのに。

催淫作用だと言い逃れができない、と海里は自分の敏感すぎる反応に、困惑してしまう。血を吸われた後は、半ば酔ったような状態なのだが、今は違う。そのため、いつもより羞恥と緊張感を、とても強く覚えていた。

「いっ……あ、や、そこばっかり……っ、あっ、やあ」

心臓の鼓動も、いつもよりドキドキと、ずっと激しく脈打っている気がする。

ルカに教えられるまでは、触れたところでなにも感じなかったはずの胸の突起はかちかちにしこって、海里にかすかな痛みと、痺れるような甘い快感を伝えてきた。

「……海里。ここだけで、こんなにして……血も吸われていないのに、お前はこんないやらしい身体をしていたのか」

濡れた唇を離したルカにそう言われ、海里はどう答えていいのかわからなかった。

その声は責めているわけではなく、むしろ喜んでいるような声音だったが、海里は思わず謝罪する。

「ごめん……なさい。お、俺、自分でも、わからなくて。だけど、すごく、ドキドキして止まらない。こ、こんなふうでも、嫌いになったり、しないで欲しいです」

「なにを勘違いしている、海里」

ルカは優しい声で言う。

「むしろ俺は、嬉しい。嬉しくて、お前が愛しくてたまらない。……お前にならいや、お前にこそ俺は、俺自身を味わって欲しい」

「え……？」

ルカの指先が、海里の唇に触れた。

「その可愛らしい牙で、俺の血を吸うといい」

海里は驚いて、ルカを見る。密着しているルカからは、たまらなくいい香りがしていた。

許可が下りた途端、その芳香が増したように感じ、海里の瞳はルカの白い首筋に釘付けになる。

「い……いいん、ですか。痛いかもしれないですよ」

「お前なら、目の中に入れても噛みつかれても、痛みなど感じない」

そう言って、ルカは海里の頭を抱き寄せるようにする。ふらふらと、大輪の花に蝶が吸い寄せられるようにして、海里は唇をその素肌に押し付けた。

かぷ、と歯を立てると、にゅっと牙が伸びる。ぐっ、と牙に力を入れた瞬間、温かい血液が、海里の口腔（こうこう）に溢れた。

――熱い……！　美味しい……っ！

喉を通る濃密な液体は、ルカの命そのもののように海里は感じた。ミルクを飲む赤ん坊のように、無心でルカの首筋にかじりついていた海里の顎を、そっとルカが遠ざける。

ああ、と海里は、名残惜しさに溜め息のような吐息を漏らした。

その唇から顎に伝った血を舐めとるようにして、今度はルカが舌を這わせてくる。そして濡れた唇が、海里の耳の下に達したとき。

「――ッ！」

ブツッという皮膚の破れる音と痛みが、海里を襲う。ルカに血を吸われながら、海里は早くもハアハアと、喘ぎながら身体を反らした。

「ルカ……ルカ、早く……っ」

熱に浮かされたうわ言のようにつぶやくと、ルカの牙が抜き取られ、再び深いキスが交わされる。

「ん……っ、んう、んんっ」

どちらも唇は血で汚れ、顎からも伝っている。唇から顎、顎から首筋へと、両者が舌を這わせ、たまらなく甘美な血液を舐め合った。薄赤く染まった素肌を舐めては、再び唇を重ね、互いの血の味に恍惚となっていく。

――甘い。熱い。美味しい。……おかしくなりそう……。

吸血行為とキスだけで達してしまいそうなほど、身体は興奮して息は荒くなり、海里は夢中でルカの背をかき抱いたのだが。

「ひ……ッ！　だ、駄目ッ」

ジッパーを下ろされて、下着の中にルカの手が入ってくる。

「やっ、ああっ！　すぐ、いっちゃ……っあ！」

快感の芯を直接触れられて、海里は半泣きになって身悶えた。

「可愛いな、海里。もうこんなに熱くして……濡れているのに震えている」

「ひいっ！」

ぬる、とルカの指の腹が先端を撫でて、それだけで海里は達してしまいそうになる。

「待って。待っ……」

「そうだな。脱いでからでないと下着が汚れてしまうな。といっても」

ルカはクスッ、と小さく笑う。

「もうこんなに染みを作ってしまっている」

言われて思わず海里は、下半身の着衣を脱がしているルカの手元を見る。と、自分のものと下着の間に糸を引いているのを見てしまい、さらに頭がのぼせたように熱くなるのを感じた。

「み、見ないで……っ、やだあっ」

一糸まとわぬ姿にされてしまった海里は、思わず身体をねじって横を向き、胎児のように丸まった。

「海里。恥ずかしがらなくていい。俺は感じやすいお前の身体も、とても気に入っている。……恥ずかしがるお前も、たまらなくそそられるが」

ルカは優しく言って、海里のうなじや背中に、キスを落としてくる。

「ルカ……っ、ああっ！」

背後からルカは手を回してきて、海里の腰を抱え、そのまま前を弄ってくる。

「っは、あ……っ、やっ、んん」

四つん這いという恥ずかしい格好をさせられ、体勢を変えたいのだが、海里の手足は力が入らなくなってしまっていた。

「駄目っ、駄目……っ、も、もうっ」

両腕で、自分を支えているのすら辛い。首を垂れた海里の目に、自身から溢れた透明な液が、シーツに零れるのが見えた。

ドクン、ドクン、と心臓が耳のすぐ後ろについているように、鼓動が大きく頭の中で反響する。はあっ、はあっ、という荒い自分の呼吸と、ルカの指が自身を弄る、粘液の音がそれに混ざった。

聞こえてくる音の淫らさに、海里は耳を塞ぎたくなったが、両手はガクガクと震えるばかりでそれもできない。

「ひ、ううっ！」

ぬうっ、と体内に、ルカの長い中指が入って来るのを感じた。

「あ、あうっ、あ！」

何度もルカに抉られ、開発されたそこは、すんなりとそれを受け入れる。むしろもっと欲しいと内壁が、ルカの指を締め付けてしまうのを海里は感じた。

「やめっ、あ、もう、俺……っ！」

一際大きく、海里の腰が震えた。体内に指をくわえ込んだまま、もう片方の手で前を弄られ、海里は達してしまったのだ。

そのはずみでさらにきつく指を締めてしまい、柔らかな内部がひくひくと、さらに蠢く。

「も、もう、や……っ、抜いて……」

完全に腕に力が入らなくなってしまい、かくん、と海里の上体が前に倒れる。そうすると、腰を突き上げたさらに淫らな格好になってしまうが、どうしようもない。

「海里……こんなに欲しがってくれて、俺は嬉しい。うんとよくしてやる」

ルカは熱のこもった声で囁き、海里の中からゆっくりと、長い指を抜き取った。そうして代わりに、ぐっ、と硬く熱い先端を押し付けてくる。

朦朧としている海里の腰が、しっかりと抱えられ、そして。

「──っ！　あ、あああああ！」

ぐうっ、と太いものが、海里の中に容赦なく挿入されていく。海里は必死でシーツを握り、無意識に逃げようとしたが、さらにルカは腰を進めてくる。

「うあっ！　あ、ああっ！」

狭い部分に、ぎちぎちに埋め込まれたものが、ゆっくりと体内で前後に動き始めた。

「はあっ！　う、ああっ、ん！」

奥を深く突かれるたびに、海里の喉から嬌声が上がる。

「きつい……っ、ルカ、待っ……あ！」

内壁の、一番敏感な部分を抉るようにして、ルカは腰を動かした。

「そこっ、や…ああっ！」

「気持ちいいか、海里。もっと、もっと……よくしてやる」

「あっ、んんっ」

ルカの手が前に伸びてきて、腰と同じ動きで海里のものを撫で上げてくる。達したばかりのはずなのに、そこは再び反り返るように硬度を持って、快感に震えながら、いやらしい蜜を垂らしていた。

ひーっ、と海里の喉から、涙の混じった音が鳴る。

──いいっ、気持ち、いい……！　おかしく、なっちゃう。

激しい快楽が体内を貫くたびに、きゅうっ、とルカのものを無意識に締め付けてしまうの

だが、そうするとその硬さと大きさが、より一層生々しく感じられ、刺激も強いものになる。

「——ッ！」

どくん、とルカのものから海里の体内に、熱いものが注がれるのを感じた。ルカの動きが止まり、海里の見開いた瞳から涙が零れる。

「っあ……はあ……っ」

押し寄せてくる激しい快感の波から、ようやく海里は解放されると思ったのだが。

「まだだ。もっとお前を、味わわせてくれ」

「え……っ、あ、ああっ！」

海里に吸血された催淫作用のせいもあってか、ルカのものはほとんど硬さを失っていなかった。またもゆっくりと、海里の中を探るように前後に蠢き出す。

ルカが放ったものでぬるぬるになっているせいか、動きは速くなっていた。

海里もまた、催淫作用で身体の奥が、ルカのものを中へ誘い込むように、ひくついてしまっているのがわかる。けれど、際限ない快感に、頭がついていかなかった。

「もう……もう、できな、い……っ」

むせび泣く海里の身体を、ルカはまだ離そうとしなかった。背後から回された手は、海里自身だけでなく、胸の突起も刺激してくる。

「あ、あっ、も、やめ……っ、ああ！」

ガクガクと前後に揺さぶられていた身体が、ふいに硬直し、痙攣する。

またも達してしまって、あまりの快感に声も出ない海里の中を、容赦なくルカは貪り続けた。

熱い液体を放っている最中に、感じる部分を擦られて、海里はもうわけがわからなくなってしまう。

「ゆ、許して……っ！　も、や……あ、ああ、ん……っ」

「お前は、俺のものだ。ずっと傍に……離れたら、許さない」

――俺だって。ルカが欲しい。絶対に、離れない。

快感に朦朧としつつも、海里は思った。けれどそれを言葉にできる余裕は、今はない。

なにか言おうと必死に開いた唇は、ひゅうひゅうと音を立てて、酸素を吸い込むのが精いっぱいだった。


海里の目が覚めたとき、分厚い遮光カーテンを閉め切った室内は真っ暗だった。

それでも鬼の目には壁にかかっている、木製のどっしりした壁時計の針が見える。

時刻は夕方の五時を回っていた。

――日没まで、もう少し……。

横を見ると、海里を腕枕しているルカが寝息を立てていた。長い睫毛だなあ、高い鼻だなあ、と思わず海里は見惚れてしまう。乱れた髪が額にかかっていると、いつもよりずっと若く見える。

こちらの気配を感じとったのか、パチリとルカの目が開いた。その淡い色の瞳が、しげしげと海里を見つめてくる。

「……おはよう、海里」

「はい。おはようございます」

「これから俺は毎夕、起きるたびにお前の顔をこうして見られるわけか」

寝起きの眠そうな、しかし嬉しそうな声でルカが言った。

大きな優しい手が、海里の頭を包み込むようにして、何度も撫でてくる。

「身体は辛くないか」

「少しだるいけど、問題ありません」

カチ、カチ、と時を刻む時計の音が、静かに部屋に響いていた。古い木造の屋敷は、ひんやりとして、懐かしい匂いがする。

海里はルカの愛撫に目を細くしてうっとりしつつ、その胸に額を摺り寄せる。

ルカはその静かな空気を破ってしまうことを恐れるように、囁くような声で海里に言う。

「それならいいが。……俺はお前と一緒に目が覚めると、いつも思っていたんだ。明るい朝を迎えらないことを、お前が嘆かなければいいと」

そんなことを思ってくれていたのか、と海里は少し驚いて、ルカの思いやりを嬉しく感じながら答える。

「大丈夫ですよ。……太陽の下は歩けなくても、気持ちを明るく持って生きることはできると思います。今の俺は、闇の世界の怪物になっても、ルカといられるほうがいい」

海里は顔を上げ、ひたと、ルカの淡い色の瞳を見据えた。

「……人としてごく普通に暮らし、日差しの下で生き生きとしていたお前がそう言ってくれるのか。……海里」

ルカは愛しくてたまらないというように、海里の頭を抱き寄せる。

「俺も……お前の観察は悪くなかったが」

額にそっと、唇が触れた。

「実物を腕に抱けるほうが、ずっといい。それに」

唇が頬を滑るようにして、キスがいくつも落とされていく。

「写真は、味がしないからな」

「俺が不味くなくてよかった」

くすくすと笑いながら、海里は自分からルカの唇に、唇を触れさせた。

そのくちづけはしっとりとして甘く、血に負けないくらいに美味しい、と海里は感じていたのだった。

あとがき

こんにちは、朝香(あさか)りくです。初めての読者さまは初めましてです。

前回スプラッシュ文庫さんで、うさ耳の悪魔の話を書かせていただきましたが、今作は吸血鬼のお話となりました。

学生時代から、ヴィーダーゲンガーやらナハツェーラーやら、ヨーロッパの様々な吸血鬼伝説みたいなものには興味があったのですが、どうも私がお話にすると妖魅の恐ろしい暗黒面を掘り下げるとかではなく、どこかとぼけたキャラクターになるようです。

不老不死の半面、日光であっさり消滅するというのは、頑丈なようでもあり、儚い存在でもあるなと感じるのですが。今作のカップルさんは、おそらく現在生活している家が経年劣化で朽(く)ち果てる時代になったとしても、ボケと突っ込みの夫婦漫談ような珍道中をしながら、楽しく暮らしていけるのではないかと思います。

今回のイラストは、スプラッシュ文庫さんの創刊第一冊目『ロマンチストは止まれない！』でもお世話になりました、北沢(きたざわ)きょう先生に描いていただきました！　大変妖しく美しく、色っぽい吸血鬼さんと鬼くんを、ありがとうございました！

あれから四年、四冊目の本を出せる機会を作っていただいたすべての出版関係者様に感謝するとともに、そうした機会がいただけたのは、ひとえに読者のみな様のおかげだと思っております。本当にありがとうございます！
いずれまた、別の作品でお会いできることを願っています。

二〇一九年三月　朝香りく

Splush文庫

この本を読んでのご意見・ご感想をお待ちしております。

◆ あて先 ◆

〒101-0051
東京都千代田区神田神保町2-4-7 久月神田ビル7階
㈱イースト・プレス　Splush文庫編集部
朝香りく先生／北沢きょう先生

この吸血鬼、ストーカーです
～世界で一番おいしい関係～

2019年3月28日　第1刷発行

著　　者　朝香りく
イラスト　北沢きょう
装　　丁　川谷デザイン
編　　集　河内諭佳
発 行 人　安本千恵子
発 行 所　株式会社イースト・プレス
〒101-0051
東京都千代田区神田神保町2-4-7 久月神田ビル
TEL 03-5213-4700　FAX 03-5213-4701
印 刷 所　中央精版印刷株式会社

ISBN 978-4-7816-8620-2
定価はカバーに表示してあります。